Crónicas de un alma inmortal

Alex Victorio

Advertencia

Los acontecimientos y enseñanzas narrados en este libro provienen de experiencias personales y memorias que trascienden el tiempo convencional. Su propósito es inspirar reflexión y despertar la intuición del lector, no sustituir creencias, prácticas espirituales ni procesos terapéuticos.

Algunos pasajes describen rituales o conocimientos antiguos. Estos han sido deliberadamente modificados o presentados de manera simbólica para evitar interpretaciones literales o su reproducción por personas no instruidas.

Lee esta obra como un viaje interior, no como una guía práctica.

Lo que aquí se revela pertenece al ámbito de la experiencia, al misterio, y a la historia de un alma que ha vivido más de una vida.

Autor: Justo Alejandro Lopez Victorio.

Memorias: Ana María Cristina

Agradecimientos

Esta obra está dedicada a Bety, mi amada esposa, cuyo amor ha sido refugio y fuerza; a mis hijos Ana Gaby, Fuad y Faride, que sostienen mi corazón con su luz; y a Samir y Tuffic, nuestros angelitos que nos miran desde el cielo. Honro igualmente a Ana María Cristina, por confiarme su historia y permitirme caminar junto a ella durante dos años.

"No cuentes los años por décadas o siglos, sino por memorias."

INDICE

Contenido

Introducción 6

Capítulo I.- El despertar de Katalona 10

Capítulo II.- Los campos de algodón 18

Capítulo III – El susurro de los Dioses 26

Capítulo IV- Crónicas de guerra 47

Capítulo V: El Silencio de los Mil Templos 61

Capítulo VI: El escultor del alma 91

Capítulo VII: Mi alma se fragmenta 98

Capítulo VIII: Viaje a Mesopotamia 112

Capítulo IX: La última milla 142

Epílogo 153

Introducción

Agosto de 1987. Tenía apenas diecisiete años cuando mi curiosidad por los fenómenos paranormales —y la necesidad de comprender ciertas experiencias que me perseguían desde la niñez— me llevó a buscar respuestas. No sabía exactamente qué buscaba, ni quién podría explicarme lo que me ocurría... pero algo, una intuición silenciosa, me guiaba.

Sin proponérmelo, llegué a un viejo convento en los límites de la Ciudad de México. Aquel lugar, sobre la montaña, que aún conservaba el susurro de siglos pasados, albergaba al *llamado Instituto Nacional de Metafísica:* una agrupación discreta de personas con dones extraordinarios, dedicadas a orientar a jóvenes como yo. Nadie llegaba ahí por casualidad. No había invitaciones escritas ni anuncios visibles; simplemente una especie de llamado interior, una brújula invisible que nos conducía hasta sus puertas.

Dentro, convivían sabios de rostro sereno y jóvenes buscadores que acababan de descubrir que el mundo es mucho más vasto de lo que parece. Los mayores actuaban como guías; los jóvenes, como aprendices de artes que desafiaban toda lógica conocida. Algunos tenían visiones, otros dominaban formas de percepción inexplicables; todos compartíamos la sensación de haber despertado a algo que siempre había estado ahí.

Fue en ese lugar donde conocí a una mujer excepcional: Ana María Cristina, de casi sesenta años, cuya presencia imponía respeto y ternura a partes iguales. Durante los dos años que asistí al instituto, ella me confió pedazos de su historia… una historia que abarcaba más de quinientos años de existencia a través de múltiples vidas prestadas. Hablaba de sus viajes astrales como quien recuerda paisajes visitados muchas veces, con la certeza de quien ha cruzado fronteras invisibles.

Su relato fue, para mí, un faro en un momento de profunda búsqueda. Y aunque tardé muchos años en atreverme a ponerlo por escrito, este libro nace como un homenaje a esa mujer que apareció cuando más necesitaba respuestas… y que, sin saberlo, me ayudó a encontrarme a mí mismo.

Esta es la historia...

Soy Ana María Cristina. He vivido más de quinientos años, y estas... son mis memorias.

Capítulo I.- El despertar de Katalona

Nací en España en 1917, aunque conservo pocos recuerdos nítidos de mis primeros años. En 1922, mi 'familia llegó a México, instalándose en la colonia Lomas de Chapultepec, un lugar nuevo en aquel entonces, lleno de pequeños palacetes y haciendas rodeadas de jardines. Las calles eran amplias, aún con algunos carruajes, pero la mayoría de los vecinos ya poseían un automóvil, símbolo de distinción y alta sociedad.

Vivíamos en una casa grande, casi palaciega, con jardines, caballerizas y un automóvil propio. Había servidumbre que atendía cada detalle; las vajillas brillaban como si hubiesen pertenecido a reyes, y los objetos traídos desde España eran custodiados con celo por mi madre. Nunca se hablaba de ello, pero siempre tuve la sensación de que nuestra sangre escondía un secreto: quizá un linaje real, quizá un motivo oscuro que nos había llevado a abandonar la península.

La sociedad que me rodeaba estaba formada por familias poderosas, cultas, acostumbradas a hablar de economía, política y arte. Crecí entre adultos refinados, rodeada de música y literatura. Desde pequeña aprendí a tocar el piano, y a mis seis años ya interpretaba piezas completas con la destreza de una dama de salón. Todo en mi mundo parecía ordenado, brillante, lleno de promesas.

Por eso el contraste fue brutal.

Una mañana, sin explicación, desperté en un lugar que no era mi habitación de sábanas de seda. Mis manos no eran pequeñas ni suaves: eran las de una joven de unos catorce años, tostadas por el sol y curtidas por el trabajo. Estaba descalza, cruzando un puente de ramas y cuerdas que crujía sobre una barranca. En mis brazos cargaba a un bebé desnudo, sudoroso, que amenazaba con escurrirse entre mis manos. Todos a mi alrededor me miraban como si aquel niño fuese mío.

Frente a mí no había alfombras ni lámparas de cristal, sino chozas de palma, humo de fogatas y un mar inmenso rugiendo en el horizonte.

El olor a humo y sal me envuelve como una tela viva. El llanto suave del bebé en mis brazos me devuelve a un cuerpo que no reconozco del todo. Mis manos —pequeñas, morenas, con finos brazaletes de fibras trenzadas— sostienen a la criatura con una seguridad que no me pertenece. Siento el calor de su piel, el ritmo de su respiración, y algo dentro de mí tiembla: no sé quién soy… o quién era antes de llegar aquí.

Frente a mí, una choza de palma se levanta apenas sostenida por el tiempo. De su techo se escapa una línea delgada de humo que se disuelve en la brisa marina. Puedo oír las olas rompiendo no muy lejos, y el aire está cargado de humedad, de ceniza y de vida. El cielo tiene un color entre el cobre y el jade, y todo parece moverse con una lentitud sagrada, como si el mundo estuviera recién creado.

Me miro los pies cubiertos de polvo claro, la tela rústica que envuelve mi cuerpo, el cabello que cae hasta mis hombros. Cada detalle me resulta ajeno y familiar al mismo tiempo. No sé cómo llegué aquí, ni por qué tengo este niño en brazos, pero algo —una fuerza antigua, casi maternal— me impide soltarlo.

Respiro profundo. El mar exhala conmigo. No estoy soñando. Estoy viva... pero en otro cuerpo y en otro tiempo

De entre la multitud se acercó una mujer misteriosa. Ojos azules nacidos del cosmos, llevaba collares de cuentas de madera, coco y hueso; su cabello, revuelto y lleno de canas, danzaba con la brisa marina. Me susurró al oído con voz ronca unas palabras que jamás olvidaré:

—Bienvenida, Katalona. Yo sé quién eres. Sígueme.

No entendía nada, pero ella parecía conocer mi secreto. Cuando intenté tocar su hombro para preguntar, se volvió hacia mí y dijo:

—Aquí tú eres Mutya, espíritu guardián. Y tu hijo lo llamarás Bayani.

Supe después que aquella mujer era la babaylan, la sacerdotisa de la tribu.

Viví más de quince años en aquella isla. Al principio todo fue miedo y desconcierto, pero el cuerpo que habitaba parecía saber lo que mi mente ignoraba. Con el tiempo aprendí su lengua, sus costumbres, sus oficios. Bayani creció fuerte, respetado, pues era hijo del barangay, el jefe de la aldea. Presencié su Oru-Kan que es el rito de paso del niño al cazador: la caza del jabalí que le dio su primer tatuaje, la pesca del tiburón que le brindó su segundo tatuaje, y la dura prueba de sobrevivir cinco días en la selva, tras la cual fue reconocido como maglalaki, es decir hombre de la tribu.

Yo lo cuidé como madre, aunque nunca lo sentí del todo mío. Lo amaba con ternura inexplicable, pero en mi interior guardaba un secreto que no podía revelar.

La vida allí era dura, sin lujos ni espejos. No había pianos ni conversaciones cultas, sino arrozales, redes de pesca, fibras que hilábamos para vestirnos, cantos a los espíritus y ofrendas a los antepasados. Me hice mujer del mar y de la selva, respetada por mi fuerza y resistencia. Aprendí a negociar con aldeas vecinas y a navegar entre islas. Los recuerdos de México y mi infancia se fueron borrando, difusos como un sueño al despertar.

Y sin embargo, la sensación de vivir una vida prestada nunca me abandonó.

Cuando Bayani se unió a su mujer y se marchó a otra aldea, la babaylan me dijo que mi viaje continuaría. Aquella noche me acosté en mi rincón de palma, y al despertar... estaba de nuevo en mi cama de seda.

La luz entraba por mi ventana. Sobre mí brillaba un candelabro, cuyos destellos parecían estrellas. No había olor a mar, ni palmeras, ni fogatas. Frente a mí, un espejo. Hacía quince años que no veía uno.

Me acerqué temblando. Al mirarlo, descubrí el rostro de una niña de seis años. ¿Todo había sido un sueño? ¿Dónde estaba Bayani?

—¿María? —la voz de mi madre llegó desde el pasillo—. ¿Has despertado? Están por servir el desayuno.

Quince años para mí habían transcurrido en una sola noche para ellos. Temblorosa, caminé hacia el comedor. Mis padres estaban allí: mi madre sonreía con dulzura, mi padre leía el periódico. Lo abracé con fuerza. Él apenas me miró y dijo:

—Buenos días. Toma tu desayuno.

Era su manera de decirme: te extrañé.

Con el tiempo me atreví a contarles mi sueño. Mi madre lloró, mi padre no pudo ocultar su preocupación. Me llevaron con médicos. Todos escuchaban mi historia, pero ninguno la tomaba en serio. Hablaron de delirios, de disociación, de necesidad de medicación psiquiátrica.

Cansada de repetir lo mismo, fingí curarme. Fingí olvidar. Y así terminó el desfile de doctores. Guardé silencio. Comprendí que la sociedad de ese tiempo no estaba lista para creer lo que me había sucedido.

Pero yo sabía la verdad.

En el cuerpo de una niña de seis años habitaba la mente de una mujer de veintidós. Pasaba horas en la biblioteca de mi padre, investigando: ¿qué era una babaylan?, ¿qué islas eran aquellas?, ¿quiénes eran esas tribus? Descubrí que todo apuntaba a un grupo de islas del Pacífico, quizá Filipinas. Pero algo no encajaba: los nombres, los rituales, las palabras... parecían de siglos atrás.

¿Qué me había ocurrido en realidad? ¿Un sueño? ¿Un viaje en el tiempo? ¿Recuerdos de otra vida?

Hasta ese momento para mi era todavía un misterio.

Capítulo II.- Los campos de algodón

Todo siguió en calma hasta que cumplí diez años. Para entonces, ya había perdido el miedo a despertar en lugares extraños, aun cuando sabía que, de alguna manera, yo había regresado. Aquella noche, al dormirme, ocurrió de nuevo: abrí los ojos y ya no estaba en mi cama, sino en medio de un campo interminable de algodón, bajo un sol abrasador, en algún lugar del sur de Estados Unidos, durante los años de la esclavitud.

Desperté sobre un suelo seco y agrietado, rodeada por hileras interminables de plantas bajas con copas blancas que parecían nieve sucia. El sol caía sin compasión, y el aire estaba lleno de polvo, gritos y el sonido sordo de los látigos. Hombres y mujeres de piel oscura trabajaban en silencio, arrancando las motas del algodón con las manos heridas. Algunos cantaban en voz baja, como si el canto fuera lo único que aún les pertenecía. Había un olor amargo en el ambiente, mezcla de sudor, miedo y resignación. Me incorporé sin entender del todo qué hacía allí, observando aquel paisaje que respiraba dolor y obediencia.

No sabía con certeza el año, pero mi nombre era Abba, como si mi propia identidad estuviera atada a aquella tierra blanca y cruel. Era una joven esclava más, obligada a arrancar con mis manos las fibras de la planta y entregarlas al amo blanco que nos explotaba como si fuéramos animales de carga.

Con el tiempo comprendí que no solo trabajábamos para mantener viva la riqueza de los hacendados, también resistíamos de formas silenciosas. Aprendí que en las trenzas de los niños y niñas escondíamos semillas y mensajes: pequeños mapas de rutas de escape, símbolos que otros esclavos podían leer en los peinados, nudos que decían más que cualquier palabra. Los pequeños, por su inocencia, podían moverse entre las parcelas sin levantar sospechas, y en ellos depositábamos nuestra esperanza.

La vida allí era despiadada. Trabajábamos de sol a sol, enfermos o sanos, con huesos rotos o con fiebre. Dormíamos en barracas miserables, peor que establos, entre nuestros propios desechos, con la comida justa para no morir. Vi llegar a muchos hombres y mujeres en cadenas, nuevos cargamentos de esclavos que eran exprimidos hasta el límite y, cuando caían, eran desechados como si fueran herramientas rotas. Otros llegaban a reemplazarlos, en un ciclo interminable.

Las mujeres éramos obligadas a concebir hijos con los esclavos más fuertes: nuevas manos para el campo, nuevas ganancias para los amos. Yo tuve tres hijos: Samuel, Isaac y Moisés, cada uno de un hombre distinto, todos ellos obligados como yo. Ninguno sobrevivió mucho tiempo: tanto ellos como sus padres murieron bajo los castigos brutales de los capataces.

Así pasaron, según calculo por la edad de mis hijos, más de treinta años. Cuando mi cuerpo ya no fue útil para el campo ni para dar hijos, me relegaron junto con otras esclavas a la servidumbre dentro de la hacienda.

Trabajar dentro de la casa del amo no era alivio, solo otro tipo de cadena. El aire allí no olía a tierra ni a algodón, sino a perfume y comida que jamás probaríamos. Desde antes del amanecer, fregábamos pisos, pulíamos la plata y lavábamos la ropa blanca que debía brillar más que la luna. Todo debía quedar perfecto, sin dejar huella de nuestras manos. Había que moverse despacio, hablar solo cuando se nos preguntaba, y mirar al suelo al cruzarnos con los señores. Las mujeres del amo nos observaban con desdén, los hombres con un poder silencioso que daba miedo. En la cocina, el calor era insoportable; el vapor del agua hirviendo y el humo del fogón se mezclaban con el cansancio y el miedo a cometer un error. Algunas noches, cuando la casa dormía, nos dejaban limpiar otra vez lo que ya estaba limpio. Y así, día tras día, el silencio se volvía una costumbre... y la obediencia, una forma de sobrevivir

Allí seguí sirviendo un tiempo, hasta que caí enferma. Recuerdo claramente que me abandonaron en un establo, recostada sobre un montón de paja destinada a los caballos. Y fue allí, entre el hedor y el frío, donde cerré los ojos.

La mañana siguiente desperté otra vez en mi cama, bajo mis sábanas limpias, de nuevo una niña de diez años. Pero algo en mí ya no era de niña: traía encima la madurez, el cansancio y el sufrimiento de una mujer de cincuenta. Aquella vida no había sido un sueño, sino una experiencia vivida con cada hueso y cada lágrima.

No podía contárselo a nadie: ni a mis padres, ni a mis tutores, ni mi nana podría entenderlo. Si lo hacía, solo me esperaba otra vez la procesión de doctores, medicamentos y los interminables diagnósticos de locura. Guardé silencio. Pero dentro de mí cargaba un secreto pesado: las noches dejaron de ser tranquilas. Me visitaban los lamentos de los esclavos heridos, los gemidos de los enfermos, los suspiros de quienes morían con los ojos abiertos, el recuerdo de las heridas de Samuel, Isaac y Moisés que curaba con remedios herbales que otros esclavos me habían enseñado.

A veces, en la oscuridad de mi cuarto, me invadía el terror. No quería abrir los ojos pues no sabía si estaba en mis sábanas suaves o de nuevo en la paja áspera de un establo. Apretaba los dientes y extendía la mano para tocar la tela de mi cama, para asegurarme de que aún estaba en casa y no había vuelto a aquel infierno.

A partir de entonces me dediqué con empeño a investigar qué había sucedido en aquellos campos de algodón al rededor de 1790. Quise encontrar rastros de Abba, de Samuel, de Isaac y de Moisés. También busqué vestigios de Bayani y de su tribu. Sin embargo, la realidad me golpeó con fuerza: ninguno de ellos trascendió en la historia. No dejaron escritos, no generaron cambios que fueran recordados, simplemente fueron personas olvidadas por el tiempo, borradas de la memoria colectiva. Entonces me pregunté: ¿para qué habían servido mis viajes? ¿Cuál había sido la finalidad de todo aquello? ¿Qué gané?, ¿qué aprendí?, ¿qué logré? La respuesta era desalentadora: parecía que no había logrado nada, que había sido un recorrido sin un resultado favorable para nadie.

A partir de entonces decidí que no volvería a permitir que mis viajes quedaran en el olvido. Aunque mi cuerpo seguía siendo el de una niña de once años, mi mente se había transformado en la de una mujer adulta. Me convertí en investigadora incansable y canalicé toda mi energía en prepararme. Leía con avidez sobre artes, música, lenguas, literatura antigua, geografía, geometría y matemáticas. Me nutría también de historia, política, estrategias de guerra y economía. Nada escapaba a mi curiosidad.

Mientras los adultos conversaban, yo permanecía en silencio, fingiendo ser solo una niña atenta, cuando en realidad absorbía cada palabra, cada concepto, cada enseñanza. Con el tiempo, me transformé en una crítica lúcida de arte, economía y ciencias, aunque nadie lo sabía. Para el mundo exterior, yo era simplemente una niña aplicada en sus estudios, con calificaciones sobresalientes y talento en la música, la danza y la pintura. Pero en secreto, estaba construyendo las bases de mi verdadera misión: estar lista para hacer la diferencia cuando el destino volviera a llamarme.

Así transcurrieron los años. Cumplí doce, luego catorce, después dieciséis. Y nada. No hubo más viajes, ni sueños, ni despertares en otras épocas. Todo aquello parecía haberse desvanecido, como si solo hubiera sido producto de mi imaginación infantil. Pero no dejé de prepararme.

Finalmente, al llegar a mis dieciocho años, el momento regresó. Una mañana desperté y lo primero que vi fue una habitación distinta, impregnada de un silencio extraño, como si supiera que había estado aguardando mi llegada desde hacía siglos. Mi corazón latía con fuerza, pero esta vez no sentí miedo. Solo pensé: Estoy lista. Y en lo profundo de mí, tuve la certeza de que el destino también lo estaba.

Capítulo III – El susurro de los Dioses

Abrí lentamente los ojos envuelta en un resplandor dorado. El aire era espeso, cargado de incienso y mirra; mi respiración se mezclaba con cánticos lejanos que parecían surgir del corazón mismo de un templo. Me incorporé con cautela. El roce de las sábanas me desconcertó: no eran burdas ni ásperas como en otras épocas, ni de seda como las de mi casa en la Ciudad de México, sino de lino finísimo, bordadas con hilos de oro y púrpura.

Un collar pesado descansaba en mi cuello. En mis brazos brillaban brazaletes con formas de serpientes entrelazadas, y sobre mi cabeza sentí la presión de una diadema. Frente a mí, varias mujeres vestidas de lino blanco se inclinaron hasta el suelo, pronunciando palabras que comprendí como si las hubiera sabido desde siempre:

—¡Salve, hija de los dioses! ¡Reina del Nilo!

Me levanté de un brinco, corrí hasta un espejo de cobre bruñido y oro. La imagen que me devolvió no era la mía. Aquellos ojos delineados en kohl, aquella piel bañada en aceites, aquella corona... No era un sueño.

Yo era Cleopatra. Tenía dieciocho años, y según la historia, apenas comenzaba mi legítimo reinado.

Sentí vértigo. Sabía quién era esa figura. La había estudiado, admirado, cuestionado. Cleopatra: políglota, estratega, iplomática, símbolo de poder y tragedia. Pero también conocía su destino: traición, derrota, muerte.

Cuando el faraón Ptolomeo -padre de Cleopatra- murió, el aire del palacio se volvió pesado. El incienso ardía día y noche, pero no lograba borrar el olor del miedo y la incertidumbre por haber dos herederos al trono. Ptolomeo y yo heredamos un trono dividido: dos coronas sobre una sola cabeza. éramos hermanos y reyes, sí, pero enemigos en silencio. Ptolomeo XIII era aún un niño, y los hombres que lo rodeaban lo usaban como escudo y como arma de una creciente traición muy bien planeada en contra de Cleopatra.

El destino me había puesto en su lugar. Y una verdad me golpeó con fuerza: esta misión no era como las anteriores. Esta vez, el mundo entero estaba en juego. ¿Estoy aquí para aprender algo o para cambiar algo de la historia? ¿O quizá para nada de eso?

Mientras tanto, un sacerdote entró en la estancia con paso solemne, portando un papiro sellado con el emblema imperial de Roma.

—Reina Cleopatra —el Consejo la espera. Roma aguarda respuesta a su mensaje.

Roma. La palabra cayó como un trueno. Julio César. Marco Antonio. Los ejércitos. El futuro del Nilo. Todo giraba alrededor de ese nombre.

Respiré hondo. Ya no era una espectadora perdida en la historia: ahora era la mujer que decidiría entre la gloria y la destrucción.

Caminé hacia la terraza de mármol que se abría al río. El Nilo se extendía majestuoso bajo la luz del amanecer, y sentí en su rumor la voz de algo más antiguo que el tiempo.

Las doncellas me vistieron con una túnica blanca y piedras que ardían como fuego bajo la luz. Mientras colocaban la diadema, recordé algo de mi vida anterior: Cleopatra hablaba nueve lenguas, dominaba la diplomacia y el arte de la guerra.

Yo también había pasado años absorbiendo saber: historia, política, música, geometría… Todo cobraba sentido. Todo había sido preparación.

El Consejo me recibió en una sala inmensa, rodeada de columnas de loto y papiro.

—Un emisario de Roma ha llegado a Alejandría —dijo el sumo sacerdote—.

xige audiencia inmediata con la Reina.

Sabía lo que eso significaba. Roma extendía ya sus manos sobre Egipto.

—Recibiré a ese emisario —respondí—. Roma conocerá la voz del Nilo.

Los días siguientes fueron un torbellino. Consejeros, generales, sacerdotes. Yo respondía con la calma de quien ha vivido más de una vida.

Pero claro, no era cualquier jovencita.

Años de lecturas, de estudio, de búsquedas en otra era... ahora se entretejían con las enseñanzas de los dioses del Nilo.

Pero había algo para lo que yo no estaba preparada, y era enfrentar a mi propia sangre.

Cuando la traición se hizo insoportable, me vi forzada al exilio. Recorrí el desierto con unos pocos fieles, viendo cómo el sol doraba las dunas y quemaba mis lágrimas. Pero incluso en la arena juré que volvería. Y el destino, caprichoso como los dioses, me escuchó.

Fue entonces cuando Julio César llegó a Egipto, persiguiendo a su enemigo Pompeyo. Roma y Egipto, dos mundos que nunca debieron encontrarse, se cruzaron en aquel instante. Yo sabía que él era la llave de mi regreso. Un romano con poder para decidir el destino de reinos. Un hombre que había vencido a todos, excepto al tiempo.

Debía verlo. Pero el palacio ya no era mío, y sus guardias me habrían detenido. Así que tejí mi propia suerte: me envolví en una alfombra, que envié como regalo al César, apreté el corazón y confié en que el Nilo guiara mi destino. Mis sirvientes me llevaron hasta la sala donde César descansaba.

Recuerdo el momento en que la alfombra se desenrolló. La luz del fuego se reflejaba en su armadura. Me observó sorprendido, luego sonrió con una mezcla de respeto y curiosidad. Aquella sonrisa bastó para romper años de miedo.

Era un hombre distinto: firme, pero justo; sabio, pero humano. Su voz tenía el tono de quien ha nacido para mandar sin levantar la mano. Y en sus ojos había algo que yo no había visto jamás en los hombres de mi corte: claridad.

César me escuchó. Me creyó. Y me ofreció su alianza. Con su apoyo recuperé mi trono, y Egipto volvió a respirar bajo mi reinado. Pero lo que empezó como un pacto de poder se convirtió en algo más. Entre batallas y consejos, el respeto se transformó en afecto, y el afecto en amor.

Roma hablaba de estrategias; Egipto hablaba de destino.

Nosotros unimos ambas lenguas en un mismo silencio.

De nuestro amor nació Cesarión, mi hijo, mi esperanza. Lo miraba dormir y veía en él la promesa de dos mundos

econciliados. Pero los dioses no permiten que la armonía dure mucho.

Un día llegó la noticia que me partió el alma: Julio César había sido asesinado en el Senado, bajo las mismas columnas que lo habían glorificado. Decían que cayó cubierto con su propia toga, que su sangre manchó los mármoles de Roma. Los hombres que un día le juraron lealtad lo apuñalaron con sus propias manos.

Cuando lo supe, el mundo pareció detenerse. El viento del Nilo dejó de moverse. Sentí que el eco de su voz aún me hablaba desde la distancia, recordándome que el poder no pertenece a los hombres, sino al tiempo.

Regresé a Egipto, no como reina enamorada, sino como mujer marcada por los designios del destino. El río me recibió con su murmullo eterno, como si guardara secretos que aún no estaba lista para escuchar.

Desde entonces, las noches se volvieron distintas. A veces, en el reflejo del agua, creo ver su figura, su mirada firme y serena.

Otras veces, escucho los pasos del futuro acercarse… una sombra romana, un nuevo aliado, un nuevo riesgo.

Sé que los dioses aún no han terminado su juego. Y yo, Cleopatra, hija del Nilo, volveré a jugar.

Sé que los dioses aún no han sellado el destino de las estrellas.

Y yo, Cleopatra, hija del Nilo y guardiana de sus secretos, danzaré una vez más en el tablero de la eternidad, no por poder, sino por amor a lo que perdí.

Después de la muerte de César, mi alma vagó como una barca sin remo. Roma me había quitado a mi aliado, a mi amor, y durante un tiempo temí que también me arrebatara la esperanza. Pero Egipto… Egipto no olvida a sus hijos.

Regresé al palacio de Alejandría con el corazón roto, pero el espíritu intacto. Las columnas de mármol aún se alzaban orgullosas, y el perfume del loto llenaba el aire como un abrazo antiguo. Me vestí de reina una vez más, no por orgullo, sino por respeto a mi pueblo. El Nilo me habló en sueños:

—Levántate, hija mía. El río nunca retrocede.

Reorganicé los templos, devolví el oro a las ofrendas, reconstruí la flota y levanté mi voz entre los generales. Roma podía reinar en el mundo, pero Egipto seguía siendo un misterio que ni los romanos podían descifrar. Yo era su guardiana.

Pasaron los años, y el destino volvió a llamar a mis puertas.

Su nombre era Marco Antonio.

Lo vi llegar con el viento del Mediterráneo, como un héroe cansado de guerras. Tenía los ojos oscuros como la noche antes de la tormenta, y una sonrisa que mezclaba fuerza y melancolía. No era tan calculador como César, pero su fuego interior era distinto: ardía sin miedo.

El día que lo recibí en el puerto, el cielo tenía el color del bronce. Mis naves, cubiertas con velas púrpuras, parecían flotar sobre el oro líquido del atardecer. Yo llevaba una túnica de lino blanco y un collar de lapislázuli que brillaba como el firmamento. Cuando descendí los escalones de la galera y él me tendió la mano, comprendí que el destino aún tenía capítulos por escribirse.

Marco Antonio me amó sin estrategia. Me amó con la furia de quien no teme perder. Con él, Egipto volvió a florecer.

Celebramos victorias, compartimos banquetes bajo la luna, y mi palacio volvió a llenarse de risas. Pero Roma… Roma nunca olvida.

El joven Octavio, heredero de César y enemigo del amor libre, nos declaró la guerra. Decía que Antonio había traicionado a Roma por mí, que yo había embrujado su voluntad.

Tal vez tenía razón.

No con hechizos, sino con verdad. Porque Antonio había visto en mis ojos lo que ningún romano comprendía: que los dioses no son propiedad de los hombres, sino de la eternidad.

Las batallas fueron crueles. El mar se llenó de fuego en Accio, donde nuestras naves se enfrentaron a las de Octavio. El cielo se oscureció con humo y gritos. Perdimos. Roma nos aplastó, y el eco de su victoria resonó hasta las pirámides.

Volvimos a Alejandría derrotados, pero no vencidos del todo. Marco Antonio, mi amado, no soportó la deshonra. Antes de ser capturado, cayó sobre su propia espada, buscando en la muerte el honor que la vida le negaba. Lo sostuve entre mis brazos mientras el sol se hundía sobre el Nilo. Su sangre tibia manchó mi túnica blanca.

—Cleopatra —susurró—, que tu espíritu no muera conmigo. Y su voz se apagó como una lámpara al final del templo.

Entonces supe lo que debía hacer.

Octavio quería exhibirme en Roma como trofeo, como una reina encadenada. Pero yo era hija de Isis, sacerdotisa de los secretos antiguos. Antes de permitir que mis misterios fueran profanados, debía protegerlos.

En la última noche, ordené cerrar las puertas del palacio. Encendí los inciensos sagrados, me vestí con oro y lino, y coloqué la corona de las dos tierras sobre mi cabeza.

Aquella noche, busqué respuestas entre los papiros. El Nilo rugía a lo lejos. Y comprendí que mi destino no sería escrito en las cadenas de Roma.

Si caía prisionera, no solo arrastrarían mi nombre por las calles, sino que buscarían los secretos que los dioses me habían confiado: los símbolos grabados en la arena, las fuerzas que sostienen la vida misma de Egipto.

Revelarlos sería condenar a mi pueblo.

El silencio de mi cámara es más denso que el aire mismo. Ni el murmullo del Nilo logra romperlo; solo el titilar de una lámpara acompaña mis pensamientos. He perdido tanto, y sin embargo, algo dentro de mí permanece intacto: mi voluntad. Miro las sombras danzando sobre los muros y comprendo que Roma puede tomar mi trono, mis tesoros, mis templos… pero no mi alma. He servido a Egipto con todo lo que fui, y no permitiré que mi nombre se arrastre entre los escombros del orgullo de otros. Hay decisiones que no se anuncian, solo se sienten. Y en esta quietud, bajo la mirada de los dioses, sé que el último acto de mi reinado me pertenece solo a mí.

Así lo he decidido y así será, el veneno de la serpiente sagrada no será un acto de rendición, sino un juramento.

Al beberlo, preservaré lo sagrado. Protegeré lo que debe permanecer oculto hasta que el mundo esté listo para entenderlo.

Mi nombre podrá desaparecer, pero lo que ahora decido proteger, lo que elijo preservar, perdurará.

Porque no vine para dejar huella con mi rostro ni con mi sombra, sino para custodiar el símbolo que sobreviviría a todos los imperios: el nombre de Cleopatra.

Bajo un cielo que parecía no terminar jamás, contemplé la noche en silencio. Las estrellas ardían como brasas lejanas, reflejándose en las aguas del Nilo que murmuraban con su canto antiguo. La brisa traía el aroma húmedo del río, mezclado con el incienso que aún ardía en el templo. Todo parecía suspendido: el tiempo, el miedo, incluso mi propio aliento. La luna bañaba la corriente con un resplandor de plata, y por un instante sentí que el mundo entero respiraba conmigo. Era una noche que no terminaba, una noche que me contenía, suave y solemne, como si el destino aguardara en su silencio.

Mientras Alejandría dormía bajo el resplandor del gran Faro, permanecí despierta. En el silencio de mis aposentos, sentí una presencia. No era la primera vez: ese escalofrío denso en el aire, esa certeza de no estar sola.

Una sombra se delineó junto a la columna.

Era una anciana que apareció lentamente, envuelta en un manto que parecía hecho de niebla y tiempo. Su piel, surcada por los años, tenía la textura de la madera sagrada; cada arruga contaba una historia que el viento aún recordaba. Un aroma suave a incienso y flores la precedía, como si el océano mismo la escoltara. Sus cabellos, largos y plateados, se movían con la cadencia de las mareas, y sus manos —delicadas pero firmes— conservaban el temblor sereno de quien ha tocado tanto la vida como la muerte.

Pero eran sus ojos los que detenían el mundo: azules, profundos, infinitos, con el brillo de un cielo que ha visto nacer y extinguirse civilizaciones. En ellos habitaban siglos de sabiduría, un eco antiguo que no necesitaba palabras. Cuando hablaba, su voz sonaba como un conjuro, mezcla de viento, sal y destino…

—Gusto en verte, Katalona —susurró.

El nombre me heló la sangre. Nadie en todo Egipto debía conocerlo.

—¿Babaylan? —murmuré.

Ella sonrió. La misma guía de otros tiempos. La chamana que me había enseñado que el tiempo no es una línea, sino un círculo infinito.

—Te he buscado en cada era —dijo—. Ahora has llegado al punto donde todo comienza a revelarse. Tú eres el hilo que une los mundos.

Sentí el suelo moverse bajo mis pies. La certeza de estar dentro de un plan más vasto que la historia

—No confíes en todo lo que tus ojos vean —me advirtió—. Tu destino trasciende esta época. Cleopatra es solo un nombre… pero su eco no morirá contigo.

Desapareció entre el incienso, dejando un aroma de hierbas sagradas.

La cámara real quedó nuevamente en penumbra, iluminada apenas por las lámparas de aceite que lanzaban destellos temblorosos sobre los muros cargados de inscripciones. El olor del incienso mezclado con el de las flores marchitas creaba un ambiente pesado, casi irreal.

Allí, donde antes resonaban las voces de embajadores y generales, solo quedaba el murmullo de la noche y el suspiro del Nilo colándose por las rendijas.

Me recosté en los cojines púrpura, sabiendo que el color real ya no podía protegerme de los designios de Roma. Las columnas del palacio parecían inclinarse sobre mí como testigos silenciosos, guardianes de secreto que jamás revelarían. La corona que había llevado en mi frente descansaba ahora a un lado, brillante y fría, como si no me perteneciera.

Fue entonces cuando la vi: la serpiente sagrada, la misma que había ordenado traer para sellar mi destino. Su mirada fija, inmutable, era el reflejo de mi decisión. El veneno entró en mi sangre como un fuego gélido, y cada segundo era un viaje hacia la nada.

Mi respiración se volvió lenta, mis manos pesadas. Y en ese instante comprendí: no estaba muriendo. Estaba regresando.

El círculo se cerraba. Los dioses me llamaban de vuelta a la corriente eterna del Nilo.

Antes de que la oscuridad me envolviera, susurré las últimas palabras que recordé de mi tiempo lejano:

—Mi nombre podrá borrarse, pero su eco protegerá lo que aún no debe ser revelado.

El silencio me abrazó. El Nilo guardó mi secreto.

Siento cómo el veneno me arrastra suavemente, como un río que me aleja de todo lo que conocí. Mis párpados pesan, cada respiración se vuelve un susurro, y el mundo que me rodea se oscurece lentamente. El murmullo del Nilo, que siempre me acompañó, se aleja, se vuelve lentamente silencio, como un recuerdo que se disuelve en la bruma de la noche.

El olor a incienso y a flores se vuelve más intenso a cada momento. Mis manos tiemblan, y, sin embargo, una calma imposible se posa sobre mí. La vida se disuelve en mi pecho, y en ese vacío, un resplandor surge ante mis ojos, tan extraño y profundo que no logro descifrarlo.

Una voz suave, que no pertenece a este mundo, susurra con el eco del Nilo mi nombre: "Katalona, No temas…"

Y entonces, dentro de la oscuridad, sentí una mano rozar la mía. En ese contacto, el peso de la derrota comenzó a desvanecerse. No sé si era consuelo o destino, pero comprendí que, aun en la oscuridad, no estoy sola. Y allí, entre el silencio y la luz que me envuelve, dejo que el mundo se vaya. Comprendí que la muerte no era fin, sino tránsito; no un abismo, sino un pasaje.

Así fue como el veneno consumó su obra. La cámara real se deshizo en sombras y susurros. Y en ese instante, crucé el puente de ramas.

No hacia el olvido, sino en busca de mi destino.

Cuenta la historia que Octavio me buscó al amanecer, pero encontró sólo silencio y perfume.

Nadie halló la cámara donde reposan mis tesoros, porque mis guardianes de piedra y arena me ocultaron entre las sombras.

Yo, Cleopatra, hija del Nilo, amante de los dioses, guardiana de los secretos de Egipto, reina de las dos coronas, no fui vencida. Fui llamada de nuevo al destino....

El Nilo esconde mi descanso. Y hay una razón por la cual, hasta hoy, nadie ha encontrado mi tumba. No es descuido ni azar. Mi reposo guarda secretos que la humanidad no está lista para enfrentar:

alianzas con fuerzas invisibles que yacen dentro de nosotros mismos, conocimientos capaces de alterar el curso del tiempo, memorias que podrían quebrar el frágil equilibrio de este mundo, del pasado y del futuro.

Cuando llegue el día, y los hombres se atrevan a mirar más allá de las arenas, cuando el orgullo humano pueda soportar la verdad de su pequeñez, entonces mi tumba se revelará. No antes.

Capítulo IV- Crónicas de guerra

Veintiún años pasé en el desierto de Egipto, reinando y aprendiendo los misterios del Nilo, conviviendo con otras personas y otros tiempos. Aprendí más de lo que jamás imaginé, y cuando regresé a mi casa en Chapultepec, llevaba conmigo décadas acumuladas de historias rondando mi cabeza. Fue entonces que decidí empezar un diario, para perpetuar todo el conocimiento que se agitaba en mi mente y que amenazaba con volverme loca.

Me dirigí a la oficina de mi padre, tomé una caja llena de hojas, una pluma fuente y, sabiendo que no podría escribir estas historias en casa, salí a caminar hasta los jardines de la colonia. Allí, bajo el sol y la brisa, comencé a escribir hoja tras hoja: nombres, rituales, fechas, lugares, tribus, gente, lo que sentí, lo que pensé, lo que hice y lo que no. Plasmé grandes secretos revelados a lo largo del tiempo y guardé todo bajo llave, porque aquel conocimiento no debía ser revelado, incluso aquellos secretos que la Babaylan me dijo debían permanecer sepultados en el tiempo.

Cierto día, mientras escribía en una banca frente a una fuente, se me acercó una pequeña niña con cabellos dorados como el sol, rizos que caían sobre sus hombros y con ojos azules profundos, nacidos del mismo cosmos, llenos de una curiosidad indescriptible. Me preguntó: "¿Qué haces?" Le respondí, con cuidado de no revelar demasiado: "Escribo unas historias".

Con la inocencia propia de una niña de unos cinco años, me preguntó si podía leer lo que escribía. Le dije que sí, que podía mirar lo que estaba en la caja. Tomó una hoja y comenzó a leer. Apenas había leído un par de páginas cuando, levantando la mirada, me preguntó: "¿Katalona? ¿Así te llamas?" Por un instante no supe qué responder; finalmente contesté breve y segura: "Así se llama el personaje de la historia que estoy escribiendo". Ella asintió, con una mezcla de sorpresa y comprensión, y comentó: "Parece que

Katalona tiene un trabajo muy complicado, yo me llamo Sara", gusto en conocerte Sara -le contesté-.

Varias veces la encontré en mis salidas al jardín. Siempre se sentaba junto a mí, devorando cada hoja, cada palabra, cada secreto que Katalona vivía en la historia guardada en la caja. Su curiosidad crecía con cada lectura, y yo la observaba con tranquilidad, sabiendo que los secretos del tiempo podían esperar, y que la próxima hoja siempre despertaría más preguntas que respuestas.

Veintidós años cumplidos… y sin saberlo, era hora de mi siguiente salto.

En contraste, después de Egipto, mis viajes me llevaron a vivir veinte años en las frías llanuras de Crimea hacia el año de 1853, donde la guerra teñía de sangre los hospitales improvisados. Allí apliqué los secretos que había aprendido a orillas del Nilo: hierbas para limpiar heridas, vendajes que protegían más allá de lo esperado, métodos para mantener el cuerpo y el espíritu juntos. Fue allí donde encontré a Florence, una joven voluntaria de mirada curiosa y manos hábiles, que se convirtió en mi fiel compañera y seguidora de mis enseñanzas. Juntas reorganizamos el caos de los hospitales, enseñando a enfermeras y asistentes a cuidar con disciplina y compasión. Nadie dejó constancia de quién introdujo cada técnica; para los historiadores, parecían avances anónimos, como si la guerra misma hubiera dictado los secretos. Florence continuó con esa labor con una entrega y pasión inigualable.

De regreso en México, me di a la tarea de investigar qué había sido de Florence y del equipo de enfermeras que conocí durante la guerra de Crimea. Me llenó de alegría descubrir que continuó con su labor y que realizó aportaciones fundamentales para la humanidad.

Todo aquello que compartimos en aquellos días de dolor y esperanza —el cuidado de los soldados, los secretos de los vendajes, el uso de hierbas medicinales, la importancia de evitar la contaminación de los cuerpos, y, sobre todo, la necesidad de cuidar tanto el espíritu como a nosotras mismas— se transformó en la base de un conocimiento más grande.

Florence supo tomar esas enseñanzas y llevarlas más allá. Con su visión y disciplina logró lo que pocos imaginaban: sentar los cimientos de las normas de salud y de atención hospitalaria que, hasta el día de hoy, siguen vigentes en prácticamente todos los hospitales del mundo.

Mientras tanto en México en pleno 1943, a mis veintiséis años de edad, el mundo entero parecía arder en llamas. Recuerdo las voces agitadas en la radio anunciando el hundimiento de nuestros barcos y la posterior declaración de guerra contra Alemania y Japón; escuchaba a mis padres comentar con gravedad la partida de jóvenes pilotos del Escuadrón 201 hacia tierras lejanas que yo misma había recorrido en otro tiempo. En las calles se hablaba del programa de braceros y de cómo miles de campesinos se marchaban al norte, mientras en los cines brillaban las imágenes de Jorge Negrete y María Félix, distrayendo al país de sus temores. Yo, entre tanto, me movía como espectadora silenciosa: joven por fuera, vieja por dentro, aguardando con paciencia el instante en que el tiempo volviera a abrirme otra puerta.

No pasó mucho tiempo antes de que amaneciera en otro lugar y en otro tiempo. Esta vez me hallaba en una casa de madera rudimentaria, el cuerpo ardiendo de fiebre y el alma perdida en delirios. No estaba sola: una mujer lloraba al pie de mi cama, y en ese instante comprendí que era mi madre. Afuera, la multitud murmuraba con voces apagadas. La noche estaba iluminada por velas y antorchas que se balanceaban en las calles, sombras danzantes que me hicieron intuir, con cierta certeza, que había despertado en plena Edad Media, quizá en algún pueblo de Europa, entre los siglos XIV y XV.

Cuando logré incorporarme, escuché entre susurros: "Narbona sigue viva". Entendí entonces que habitaba el cuerpo de una niña de nueve años que había sobrevivido a una fiebre inexplicable.

Desde ese momento quedé marcada. La gente comenzó a verme con recelo, entre el temor y la superstición. Era una época en que la magia y la hechicería eran temidas al extremo, y una simple acusación bastaba para condenar a una mujer a la tortura y a la hoguera.

Con el tiempo aprendí a vivir en cierta soledad. Me dediqué a curar enfermos con el conocimiento adquirido en mis otros viajes: de Egipto, de la esclavitud, de la guerra. Preparaba extractos de plantas, ungüentos para la piel, remedios sencillos. No buscaba problemas, solo llevar un poco de alivio a quienes lo necesitaban. Aun así, mi destino se torció.

Me enamoré de un viajero, Peré Torroella: un caballero sin reino, un trovador Catalán de alma errante como la mía. Durante años compartimos una vida serena; nunca habló de su pasado y yo nunca pregunté. Intuía que ambos cargábamos historias que no podían ser contadas.

Los hijos nunca llegaron. Quizá fue por él, quizá por mí, quizá por un destino que se divertía tejiendo silencios. Aun así, esa vida sencilla en el campo me resultaba suficiente, un respiro de calma en medio de mis recuerdos dispersos por el tiempo.

Él solía describirme tierras lejanas: castillos que rozaban el cielo, murallas imposibles de vencer, frutas que jamás había visto y pueblos con costumbres extrañas. Yo lo escuchaba con devoción, pero dentro de mí hervía un deseo peligroso: confesarle que yo también conocía mundos distintos, que había caminado por épocas y paisajes que él no podía imaginar.

Pero ese secreto era una frontera. Sabía que, si lo cruzaba, si tan solo una palabra se escapaba de mis labios, él me miraría como a una mujer desquiciada… y lo perdería para siempre. Por eso callé, y en el silencio aprendí a cargar con siglos de historias sin nombre.

Un día, sin aviso y sin razón que alcanzara a comprender, mi amado Peré se marchó. No hubo palabras de despedida, solo el vacío abriéndose en mi pecho. Desde entonces caminé entre sombras, regresando ya con muchos años a cuestas a mi rutina de sanadora solitaria, curando las heridas de los demás mientras la mía sangraba en silencio, condenada a no cerrarse nunca.

Mi cuerpo ya no es ligero como antes; cada paso me recuerda los años que he cargado y las vidas que he tocado. Mis manos tiemblan un poco, mis rodillas se quejan, y a veces mi reflejo en el agua me devuelve una imagen que apenas reconozco. Pero dentro de mí, algo sigue encendido. No sé si llamarlo esperanza o simplemente amor por lo que aún puedo hacer.

He visto partir a muchos, he llorado más de lo que imaginé, y sin embargo aquí sigo, con ganas de servir, de aliviar un dolor, de ofrecer una palabra buena a quien la necesite. El peso de mi cuerpo contrasta con la ligereza que siento en el alma cuando ayudo. Los años me hicieron lenta, sí, pero también más sabia, más sensible. Ya no corro, pero llego; ya no sueño con lo imposible, pero creo con más fuerza en lo pequeño, en lo que realmente importa.

Si estos son mis últimos años, quiero que me encuentren así: cansada, pero viva; envejecida, pero útil; pesada de cuerpo, sí, pero con el corazón lleno de esperanza, y movida por esa misma esperanza, quise enseñar lo que sabía a un grupo de mujeres del pueblo. No imaginé que esa eficacia en las curaciones despertaría sospechas, celos y envidias. Poco a poco, los rumores se convirtieron en acusaciones, y finalmente me señalaron como bruja, la anciana curandera era en realidad una bruja.

Me apresaron y me llevaron a Zaragoza. Allí conocí la tortura en toda su crudeza: el potro, la garrucha, el fuego aplicado en mis carnes... todo para arrancarme una confesión de pactos satánicos. Yo lo negué, una y otra vez. Y por negarlo, fui hallada culpable. Mi mente buscaba consuelo en una sola frase: "Esto es solo otro puente de ramas que debes cruzar". Pero el miedo era real, el dolor era insoportable, y mis fuerzas se agotaban.

Era 12 de febrero de 1498. Me presentaron para la ejecución: quemada en la hoguera por "hechicería e influencia nociva". La procesión fue larga, encadenada, bajo la mirada de un pueblo convocado como si se tratara de una festividad.

Me excomulgaron públicamente, mientras los cantos sacros se mezclaban con los gritos de indulgencia y de odio. Cuatro frailes me escoltaban; irónicamente, a todos ellos había curado en algún momento de sus males. Ahora eran mis carceleros, conduciéndome al fuego.

Me ataron de pies y manos al poste, rodeada de ramas secas, leños y paja. Un clérigo recitaba oraciones de exorcismo y me ofreció una última confesión para obtener una muerte "piadosa". A la leña le arrojaron azufre para avivar el fuego: el olor era inconfundible.

Cuando encendieron la hoguera, el humo me cegó y el aire se hizo irrespirable. Mi ropa empezó a arder. Esperaba el dolor… pero en lugar de fuego, lo primero que sentí en mi rostro fue una brisa suave, casi marina. Pensé: ¿estoy alucinando? ¿así se siente morir en la hoguera?

La multitud rezaba, algunos cantaban, y entonces la vi. Entre las sombras y las llamas apareció ella: Babaylan. Serena, sonriente, sus ojos azules atravesaban la multitud. Con calma me susurró al viento: "Camina por el puente de ramas, Katalona, no tengas miedo".

Y así, con esa paz que solo ella sabía transmitir, cerré los ojos... y al abrirlos de nuevo, desperté en mi cama. El corazón desbocado, pero con la mente bañada por la brisa del mar.

Sesenta años habían pasado en mi vida en la Edad Media, y de nuevo me encontraba en los suburbios de México, con el sol filtrándose por las ventanas de mi hogar. Mi cabeza no dejaba de dar vueltas; la tortura, el dolor físico, incluso el humo y el calor de la hoguera, todavía se sentían reales como si no hubieran pasado siglos. Cada parpadeo despertaba un miedo latente, como si cerrar los ojos pudiera devolverme a aquel infierno de madera y llamas. En mi interior comenzaba a rondar la idea de que ya no quería esto, que no soportaría vivir otra vez atrapada entre tiempos, cuerpos y destinos que no eran míos. Sin embargo, al mirar las calles familiares, los árboles del vecindario y las voces lejanas de mi ciudad, una sensación de alivio mezclada con desconcierto me envolvía: estaba viva, sana, y sin embargo, mi alma cargaba con décadas de vivencias que nadie más podría comprender.

Regresé a escribir en mi diario; llevaba décadas de atraso, con lugares, personas y momentos que necesitaban ser plasmados antes de que esta locura se apoderara de mi mente y la dominara por completo. Sentía la necesidad de poner orden en mi cabeza, de buscar claridad y paz entre tanto caos interior. Escribir siempre me había servido como refugio, como un hilo que me conectaba conmigo misma, y ahora volvía a hacerlo, con la determinación de que cada palabra fuera un paso hacia la calma que tanto anhelaba.

Y de nuevo ahí, Sara, mi ávida lectora. Siempre lista y en espera de la nueva historia saliendo de mi

Esa tarde en el jardín junto a mi fiel lectora Sara, escribía mis memorias del último de mis viajes, pero el cansancio se apoderó de mí y cerré los ojos por un momento.

Capítulo V: El Silencio de los Mil Templos

Al abrir los ojos de nuevo, estaba recostada en un cojín dentro de una tienda de campaña en medio del desierto, era parte de una pequeña caravana que acampaba para descansar una noche antes de seguir nuestro camino.

Atravesé desiertos y ríos que parecían querer detener mi paso, pero algo dentro de mí me empujaba hacia la tierra donde los hombres hablaban con los dioses sin mover los labios. El viento traía aromas que no podía nombrar: incienso, tierra húmeda y el dulzor de flores desconocidas. Cada pueblo que cruzaba parecía susurrar secretos antiguos, como si la tierra misma recordara su propia memoria.

Fue en la aldea de Ghrishma donde conocí a Samidra, un anciano de mirada brillante, que caminaba como si flotara sobre la tierra. Inclinó la cabeza, juntó sus palmas y me dijo "Namáskara Katalona", y señaló un sendero que ascendía hacia las colinas. "Ahí", dijo con voz suave como el murmullo del río, "en el ashram del Silencio, aprenderás a escuchar lo que no tiene sonido".

El camino estaba lleno de piedras pulidas por el tiempo y de árboles que susurraban entre sí en lenguas que no entendía, pero que mi alma reconocía. Al llegar, la puerta tallada en madera parecía respirar. Entré sin saber si era bienvenida o intrusa. No importaba: en ese lugar, las palabras eran innecesarias; la verdad se mostraba en cada gesto, en cada sombra y en cada destello de luz que atravesaba las rendijas.

Me recibió Viyasa, mujer de rostro sereno y ojos profundos como pozos sin fondo. No hablaba mucho, pero su mirada hablaba de siglos de sabiduría acumulada. Me condujo al centro del ashram, donde una lámpara de aceite dibujaba figuras danzantes sobre las paredes de piedra. Allí comenzó mi iniciación: primero en silencio, luego en respiración, luego en la contemplación de la llama interior. Me enseñó a sentir el Prāṇa que corría como ríos invisibles dentro de mi cuerpo, a reconocer el Ākāśa, el espacio donde el espíritu habita y todo se conecta.

Los días y las noches perdieron sentido. En meditación profunda, sentí cómo mi cuerpo se hacía ligero, cómo mis pensamientos eran olas que yo podía mirar desde la orilla, sin dejarme arrastrar. Aprendí a concentrarme en el latido interno de cada órgano, a escuchar los ecos de mi propio corazón y a sincronizarme con el ritmo de la tierra. Cada respiración profunda me abría puertas invisibles, y comencé a percibir mi cuerpo no como carne y hueso, sino como un hilo de luz que se extendía más allá de las fronteras conocidas.

Viyasa me enseñó la práctica del Pratyahara, el retiro de los sentidos. Cerraba los ojos y poco a poco el mundo desaparecía, hasta que solo quedaba un vacío lleno de luces danzantes. Allí descubrí a controlar mis experiencias extracorporales: mi conciencia se desprendía y podía observarme a mí misma desde arriba, flotando entre sombras y relámpagos de memoria. Percibí la vibración del viento y la música silenciosa de los árboles. Todo estaba conectado.

Una noche, mientras la luna se ocultaba tras las montañas, Viyasa me condujo a la cueva sagrada donde los Guardianes del Conocimiento esperaban. Tres figuras encapuchadas emergieron de la penumbra, y cada una me miró como si pudiera leer los secretos que aún yo no revelaba.

"Para ver la red que une todo, primero debes comprender la soledad absoluta", dijo la primera voz, grave y resonante.

La segunda, suave y musical, añadió: "aprenderás a escuchar el eco de lo que nunca se dice".

La tercera, con voz como el viento de otoño, me tendió un colgante con una piedra verde tallada en forma de escarabajo. Brillaba como si guardara fuego en su interior. Mientras lo depositaba en mi mano, susurró:

—Recuerda esto... aprenderás a ver lo que los ojos no pueden. Algún día, esa mirada será tu única guía.

Los días posteriores los dediqué a practicar lo que llamaban dhyana de los cinco cuerpos: físico, energético, mental, intuitivo y espiritual. Aprendí a proyectar mi mente fuera del cuerpo físico, a sentir cómo el aire y el agua respondían a mi concentración, y a ver lo que se ocultaba en la penumbra de la conciencia. A veces, regresaba temblando, saturada de luz y sonido interno, y comprendía que la experiencia no podía explicarse, solo vivirse.

Cuando regresé al ashram, Samidra ya no estaba. Nadie supo decirme si había partido o simplemente se había disuelto en la bruma de la montaña. Viyasa me miró y dijo: "El silencio te acompañará siempre, Katalona. Pero recuerda: lo que no puede escribirse, vive en ti". Fue en ese momento cuando me di cuenta que Viyasa tenía un brillo a su alrededor que antes no podría ver, pero ahora era claro para mí, un brillo dorado con matices violetas y un tenue azul con trazaas verdes, el Aura, ahora puedo verlo y no es con mis ojos con lo que lo percibo.

Una noche, cuando el aire era tan quieto que podía escucharse el pulso de la montaña, Viyasa me llamó al recinto interior del templo. No había lámparas ni fuego, solo una tenue luz azul que parecía surgir del suelo mismo.

"Ya sabes cómo mirar hacia adentro —me dijo—, ahora aprenderás a mirar a través." Se sentó frente a mí y comenzó a entonar un mantra que no tenía palabras, solo vibración. Me indicó que respirara al ritmo de su voz, que dejara que mi cuerpo se hiciera liviano, y que me deslizara con la corriente invisible que todo lo atraviesa.

Entonces sentí cómo mi conciencia se separaba de mi carne como una hoja que se desprende del árbol sin dolor ni esfuerzo. Vi mi cuerpo aún sentado, inmóvil, pero yo era otra cosa: una chispa suspendida entre los espacios del aire. Pude moverme sin moverme. Bastaba con desear estar en otro lugar, y el deseo se convertía en dirección.

Primero me hallé sobre el ashram, viendo los techos brillar como espejos de luna. Luego descendí a las aldeas dormidas, a los campos donde las mujeres encendían lámparas para proteger a los recién nacidos, a las cuevas donde los monjes tallaban oraciones en piedra. No había distancia, solo intención.

Después vino el tiempo. Viyasa me había advertido: "Quien domina el espacio, tarde o temprano atraviesa el tiempo."

Desprenderme del cuerpo bajo la guía de mi maestra Viyasa fue como abrir un libro que nunca había leído, aunque recordara cada página en mi memoria. No había gravedad, no había aire; solo una corriente silenciosa que me sostenía, un hilo de luz que se entrelazaba con mis pensamientos.

—Recuerda —susurró Viyasa—, no estamos viajando en el mundo, sino en la memoria del mundo.

Nuestro primer destino fue el Templo de las Mil Columnas.

El suelo era como cristal líquido, y al tocarlo sentí que vibraba con cada historia que alguna vez había sido contada. Las columnas, de un mármol que parecía fundido en luz púrpura, emitían notas que no solo se escuchaban: se sentían en la piel, en los huesos, en la sangre.

Caminé entre ellas, y de pronto imágenes de vidas antiguas flotaban frente a mis ojos: rostros, risas, lágrimas, batallas y amores que nunca había vivido… pero que me pertenecían.

—Cada columna es un eco de existencia —dijo Viyasa—. Solo quien ha aprendido a viajar entre los tiempos puede oír la sinfonía completa.

Con un gesto sutil, me indicó que nos elaveáramos y avanzáramos. En un instante nos hallamos sobre mares que aún no nacían y montañas que el tiempo olvidó. Así llegamos al Monasterio de Luz Sumergida.

El aire era pesado pero cristalino, y los monjes flotaban bajo un lago inmóvil, sus cuerpos translúcidos iluminados desde dentro, reflejando burbujas de luz que subían lentamente y explotaban como pequeñas estrellas. El aroma a incienso de sándalo y sal mezclado con un frescor metálico me hizo cerrar los ojos por un instante.

—Aquí el pensamiento se purifica en la densidad —susurró Viyasa—. Aprende a hundirte en tu propia luz si quieres ver lo invisible.

El siguiente templo apareció entre arenas infinitas que brillaban como polvo de estrella: el Santuario de los Ecos Eternos.

No había techo, solo columnas erosionadas que sostenían un cielo líquido. Allí las oraciones no se pronunciaban; se pensaban. Y el viento las repetía, transformándolas en cantos invisibles y eternos.

Cada eco me envolvía, como si el aire me abrazara y al mismo tiempo me desnudara de todo miedo. Podía sentir la vibración de cada plegaria en mi pecho, en mi estómago, en cada fibra de mi ser.

Sin interrupción, flotamos hacia el Oráculo de las Siete Puertas, una estructura de piedra negra que ardía con fuego azul.

Cada puerta revelaba un instante de mi vida: nacimiento, muertes, vidas no vividas, futuros que aún no existen.

Cuando atravesé la séptima puerta, la sensación fue un vértigo placentero: comprendí que el tiempo no es lineal, sino un círculo de realidades simultáneas, y que yo podía mirar en todas al mismo tiempo.

Luego, el Templo de la Rosa de Bronce nos recibió con un aroma dulce, metálico y húmedo. Las flores flotaban en el aire, suspendidas por raíces invisibles. Al tocar una, sentí que el tiempo mismo se detenía para contemplar su perfección, y escuché un murmullo que parecía la risa del universo.

—Aquí reposa la memoria del cosmos —dijo Viyasa—. Incluso la eternidad necesita admirarse a sí misma.

No tardamos en llegar al Claustro de las Voces Dormidas, escondido bajo capas de hielo eterno. La nieve crujía bajo una presión que no existía, y las figuras dormidas emitían un murmullo que llenaba todo el espacio con lenguas olvidadas.

—Son los que eligieron dormir hasta que la humanidad recupere la verdad —explicó Viyasa—. Escúchalos, y aprenderás a leer los secretos del silencio

El siguiente templo no aparece en los mapas que tanto estudié ni en los sueños de los que no creen. Lo escucho nombrar por los monjes de piedra, seres que meditan sin rostro ni voz. Se llama el Templo de Aluvar, y se alza dentro de una montaña que parece viva, respirando con un pulso lento y antiguo. Camino por sus corredores que cambian de forma, como si la piedra respondiera a mi energía. La luz que emana de las paredes no tiene fuente visible; vibra, me envuelve, me observa. En el centro arde una llama azul que no quema, pero penetra hasta el alma. Me muestra imágenes de mis vidas pasadas y de mis sombras; no puedo huir de ellas, solo abrazarlas. El silencio aquí no es ausencia de sonido, es una presencia inmensa que me habla sin palabras.

Cuando dejo atrás Aluvar, Viyasa me lleva sobre desiertos que reflejan el cielo como un espejo líquido. Siento el llamado de otro lugar: Nerath, el templo del susurro interior. Se alza entre dunas inmóviles, tan antiguo que parece más un recuerdo que una ruina. Sus columnas vibran como cuerdas de un instrumento invisible. Cada nota que resuena en el aire entra en mi pecho y me obliga a respirar al compás del universo. Me detengo bajo la cúpula: una vibración profunda llena el espacio y todo se disuelve —cuerpo, pensamiento, tiempo—. Por un instante soy solo sonido, y el sonido soy yo.

Todos estos templos existen entre mundos y tiempos distintos, y siento cómo mi esencia se expande con cada paso, con cada respiración. Ya no camino: fluyo. Sé que aún hay más templos esperándome, cada uno guardando una frecuencia distinta del alma, y mientras avanzo, mi energía se adapta a su llamado.

En un momento, frente a mí, la Puerta de Kapılıkaya se eleva: inmóvil, cerrada… y, sin embargo, la siento abrirse dentro de mi mente.

Viyasa no dice nada. Su presencia basta.

Sus ojos me atraviesan como un canto que no necesita sonido.

Cruzar Kapılıkaya no es avanzar: es recordar.

La piedra no se abre; mi mente es la que se abre y cruza.

Todo se vuelve uno: el eco, la montaña, mi respiración, la voz de Viyasa que susurra dentro de mí:

—Nada está afuera, hija de la mente. Lo que cruzas ahora es tu propio origen.

Y entonces los veo.

Ante mí se despliega un horizonte sin distancia: los sesenta templos secretos, flotando en la luz del pensamiento puro. No hay suelo. No hay cielo. Solo un espacio vivo, líquido, que respira conmigo.

Cada templo vibra con un color distinto, intenso, inexplicable para los sentidos, pero sensible para la mente.

Algunos resplandecen como fuego contenido; otros palpitan como agua que canta.

Y comprendo: cada uno guarda un aspecto de la naturaleza humana, el mapa sagrado de lo que somos desde el principio de los tiempos.

El primer templo arde con la esencia del nacimiento, el impulso de existir. Su energía huele a tierra húmeda y a sol recién encendido.

El segundo respira deseo, hambre, movimiento.

El tercero vibra en la frecuencia del corazón, donde todo lo vivo reconoce su parentesco.

Y más allá, otros templos se elevan, invisibles al ojo, pero presentes en la conciencia: el templo del miedo, el del silencio, el del amor, el del olvido, el del perdón, el de la memoria primordial.

Viyasa flota a mi lado, serena, envuelta en una túnica de bruma.

—Estos templos —me dice sin mover los labios— no fueron construidos por mano del hombre, ni en nuestro tiempo. Están ahí desde el origen, desde el inicio de todo, desde el primero y estarán ahí hasta el último, hasta el final, al igual que muchos otros, preguntar ¿Quién los constuyó? Es preguntar ¿quién diseñó al ser humano?...

Son sesenta porque sesenta son las pulsaciones del alma antes de encarnarse.

Siento que algo en mí se estremece.

Los templos no están fuera: laten dentro de mis células.

Los he recorrido ya, en sueños, en lágrimas, en la soledad, en la compasión. Cada puerta que cruzo me revela un fragmento de mi propia historia olvidada.

Entro en el primero. No hay suelo. Me sostiene una corriente de luz.

El aire tiene sabor a cobre y a relámpago.

Veo escenas que no me pertenecen y, sin embargo, me reconozco en todas: el primer fuego, la primera palabra, el primer miedo, el primer gesto de ternura entre seres humanos.

El templo me habla con imágenes: no soy una visitante, soy la memoria que vuelve a mirarse.

Cuando salgo, Viyasa me espera al borde de otro templo invisible. Su voz es calma, infinita:
Y sin pensarlo, la luz del siguiente templo me llama.

El descenso hacia esa puerta es como entrar en el cuerpo mismo de la tierra. La piedra roja que me rodea respira y exhala un aliento tibio que huele a tiempo. No hay golpes de cincel visibles, no hay marcas humanas: cada pared parece haber nacido con la forma precisa que ahora contemplo. Me detengo frente a la entrada, y sé que estoy ante Bet Medhane Alem, la Casa del Salvador del Mundo. Lo sé no porque alguien me lo diga, sino porque el alma lo recuerda.

La estructura se alza como un sueño imposible: columnas talladas en la roca viva, tan perfectas que parecen modeladas por el agua y no por la mano del hombre. Cada línea, cada curva, cada arco habla de una inteligencia antigua, serena, inhumana. El interior resplandece con una claridad que no viene del sol, sino de la piedra misma, que brilla con reflejos dorados, azules, casi líquidos.

Camino despacio. Mis pasos no hacen ruido. El aire vibra con una nota baja, profunda, como un corazón que late bajo el suelo. Es entonces cuando lo escucho por primera vez: el canto. No viene de afuera, sino desde adentro de las paredes, de las columnas, del techo, de las sombras. Es una voz que no usa palabras, una alabanza hecha de pura vibración. La piedra canta… canta a Dios.

Siento que mi respiración se alinea con ese ritmo. Al principio, trato de resistirme, de conservar mi propio pulso, pero es inútil. Algo dentro de mí se abre y cede. Es como si el templo me llamara por mi verdadero nombre, el que no recuerdo haber pronunciado nunca. Entonces sucede: mi alma se desprende un instante, no para huir, sino para unirse al canto. Mi propio aliento —mi esencia— se convierte en una nota más dentro de esa melodía eterna. No soy yo quien canta, es el templo quien canta a través de mí.

La vibración crece, asciende, se eleva como una columna de luz invisible que atraviesa el techo y sube al cielo. Y siento, con una certeza que trasciende toda razón, que en ese canto no hay distancia entre lo divino y lo humano: somos uno solo en ese instante.

Cuando salgo de Bet Medhane Alem, mis piernas tiemblan. El mundo parece diferente, más liviano, más puro. El canto no se apaga: sigue, se mezcla con la voz del siguiente templo, Bet Maryam, la casa de la Madre. El sonido cambia, se vuelve más agudo, más luminoso, y al unirse al primero forma un eco que no pertenece a este mundo.

Y así avanzo, atravesando uno tras otro —Bet Golgotha, Bet Mikael, Bet Giyorgis...—, mientras los cantos se multiplican, se suman, se elevan. Los once templos juntos son un solo cuerpo que alaba. Y yo, perdida en ellos, soy una nota más de ese coro celestial que se alza hacia Dios, hasta llenar el universo con su luz

Cuando llego al último, al undécimo templo, el aire ya no vibra: resplandece. La música no se escucha, se siente dentro del pecho, en la sangre, en los huesos. Es como si la creación entera se arrodillara en ese instante. Los once templos, unidos, forman un solo canto, un coro tan puro que el alma se rinde, sin miedo, ante la inmensidad de Dios.

No sé cuánto tiempo permanezco allí. No sé si sigo siendo yo. Solo sé que escucho… y que en ese canto reconozco el eco del origen.

Finalmente, ascendimos hacia el Jardín de la Luz Fragmentada. Aquí el sol no era uno, sino mil, y cada rayo se rompía en espejos flotantes. Cada reflejo contenía una versión distinta de mí: yo misma en otras eras, con otros nombres, otros cuerpos, otras memorias. Sentí que podía extenderme y vivir en todos los reflejos a la vez. La luz tocaba mi piel, y parecía grabar en mí el conocimiento de todas las vidas posibles.

Cuando abrí los ojos, no supe si había pasado una noche o mil años. El escarabajo verde que la anciana me había dado brillaba con un fuego que respiraba, como si el viaje hubiera dejado una chispa de todos los templos dentro de mí.

—Ahora sabes —dijo Viyasa con calma infinita—, que los templos no están en el mundo, sino en ti.

—¿Y cuánto duró nuestro viaje, maestra? —pregunté.

Ella sonrió, y sus ojos contenían siglos de paciencia y misterio. —Años, o tal vez minutos. Lo que el tiempo tardó en recordarte quién eres. Existe una tregua entre el tiempo y el conocimiento, y acabas de cruzarla.

Mi viaje a los Mil templos había abierto en mí puertas que ahora podía cruzar a voluntad, portales que conectaban mundos y dimensiones que antes solo existían en sueños. Pero la puerta del tiempo seguía ausente, invisible, esquiva. Mi mente y mi energía se aferraban a un mismo instante, como si el tiempo fuera un río congelado y yo intentara nadar en él sin éxito.

Como si algo antiguo y potente despertara dentro de mí, siento un llamado que no viene del mundo, sino del fondo de mi alma. Mi corazón late con una fuerza nueva, y un vértigo cálido asciende por mi columna, abriendo en mí un espacio que no conocía. El aire se espesa, vibra, y cada célula parece recordar algo olvidado desde el principio de los tiempos.

No hay portales, solo una expansión silenciosa, una frontera que se disuelve. Todo lo que soy comienza a mezclarse con lo que me rodea: el pasado, el presente y futuro laten al unísono en mi pecho. Cierro los ojos y me dejo ir.

Respiro profundo, y el universo entero parece hacerlo conmigo. Comprendo que el regreso no existe, porque nunca he salido de este lugar. Siempre he estado aquí, en esta vastedad interior donde lo imposible se vuelve real, donde cada destello es una memoria del alma, recordándome quién soy.

Y así fue. Una noche, mi espíritu se deslizó más allá del presente. Vi ciudades que aún no existían, hombres vestidos con ropas extrañas, máquinas que rugían sin fuego ni bestia, y un cielo que parecía herido por luces que no eran estrellas. Comprendí que el tiempo era solo una respiración más larga del universo.

Al regresar, sentí el cuerpo esperándome como un templo vacío. Mi corazón latía con lentitud, y una lágrima de fuego descendió por mi mejilla. Viyasa me miró y dijo:

"Ahora sabes lo que muchos buscan y pocos soportan: la libertad absoluta.

No olvides que quien puede ir a cualquier tiempo debe aprender también a volver."

Desde esa noche, bastaba el silencio, una respiración y una intención pura para desprenderme del mundo. Aprendí a viajar sin pasos, a cruzar los siglos sin envejecer, a escuchar los pensamientos de los vivos y el eco de los que aún no han nacido.

Salí al amanecer, buscando de nuevo mi destino, dejando atrás los mil templos que guardaban secretos tan antiguos como la tierra. La última flor de loto cerró sus pétalos ante mi partida, y sentí que algo en mí despertaba para siempre. Llevaba conmigo un conocimiento que no podía nombrar, una luz que no podía apagar y la certeza de que mi viaje apenas comenzaba.

Consciente del nuevo control que poseo, decidí volver a mi vida en México.

Aunque mi última aventura me llevó cincuenta años entre sabios y maestros en la India, en realidad, para mi cuerpo no habían pasado más que unos minutos. Seguía allí, recostada en una banca del jardín de Chapultepec, como si nada hubiera sucedido.

Cierro los ojos y todavía siento el eco de los mantras, la brisa de los templos, la mirada de quienes me enseñaron a viajar más allá del cuerpo. Ahora llevo dentro de mí secretos del cuerpo y la mente que antes eran solo un susurro. Tantas cosas por escribir en mi diario… tantas revelaciones que se amontonan, queriendo salir todas al mismo tiempo.

He aprendido a recorrer a voluntad mundos interiores, a viajar en tiempo y espacio, a comunicarme con otras almas sin pronunciar palabra. He visto las hebras invisibles que unen a los vivos, a los muertos que en realidad siguen vivos en otros tiempos y a los que aún no han nacido a nuestros ojos, pero ya respiran en otro instante del universo.

Me lo pregunté tantas veces… ¿cómo se sentiría? Ahora lo sé. Es como despertar dentro de un sueño y descubrir que siempre he estado despierta.

Sin embargo, hay algo más… algo que no he contado a nadie.

Durante todos estos años, en cada viaje y cada iniciación, he sentido la presencia de una voz, y no me refiero a Babaylan, que, aunque su apoyo me ha sido especialmente valioso en momentos difíciles, hay algo más fuerte aún. Una guía que nunca me ha abandonado, que me susurra por dónde caminar, que me revela puertas y caminos antes de que los encuentre.

Nunca la he visto. No sé si es un maestro, un espíritu, mi propio futuro o algo más grande, pero sé que domina todo el panorama, y que yo soy solo una pequeña parte de su plan.

Ahora que he regresado a este tiempo, con los árboles de Chapultepec protegiéndome del sol, tengo frente a mí la tarea más difícil: escribir. Poner en palabras aquello que solo el alma entiende, ordenar un universo de experiencias en las líneas de un diario. Tú que lees estas páginas quizá seas mi cómplice, quizá mi testigo, quizá alguien que también oye esa voz y aún no lo sabe.

Mientras tanto, en México, el presidente Miguel Alemán entrega la banda presidencial a Adolfo Ruiz Cortines. El país celebra su modernidad, y las máquinas ruidosas que alguna vez vi en mis visiones del futuro comienzan a tomar forma ante mis ojos. Las calles se llenan de autos brillantes, de humo y de movimiento; los trenes, los edificios y las ropas parecen imitar aquellos destellos que, durante mis aprendizajes en la India, me parecían tan imposibles de comprender.

Los viajes al pasado fueron siempre más fáciles de aceptar; el alma se acomoda con naturalidad entre los ecos de lo que ya fue. Pero los vislumbres del futuro... eso era otra cosa: una suerte de hechicería del tiempo, una fuerza que parecía desafiar las leyes mismas del espíritu.

Ahora observo cómo esas imágenes se vuelven realidad: aviones que vuelan sin hélices, máquinas que devoran montañas enteras, ciudades que crecen como criaturas metálicas. Lo que alguna vez parecía magia se ha vuelto costumbre, y lo que creíamos imposible ahora se impone como destino.

Después de mucho escribir, y completamente orgullosa de mi memoria y de mis habilidades narrativas, logré plasmar con tinta en unas cuantas hojas las experiencias extrasensoriales que había vivido. Cada palabra era un puente hacia otros mundos, un intento de atrapar lo invisible y darle forma en el papel.

Con el alma serena, comencé a hacer planes sobre los sitios y los tiempos que decidiría visitar. Había un lugar y una época que me llamaban con fuerza: la Tierra Santa, los días en que Jesús caminó entre los hombres. Quería verlo, observar su paso por Galilea y Nazaret, ser testigo del misterio que cambió el rumbo del espíritu humano.

Pero pronto me asaltaron las dudas.

¿Por dónde empezar? ¿Estoy lista? ¿Soy digna?

Aún no he sido llamada, y mi guía —esa voz que tantas veces me ha conducido— no me ha señalado todavía ese destino. Quizá me falte preparación, tal vez aún deba recorrer otros caminos antes de acercarme a tan sagrado encuentro.

Sentí el corazón agitarse, una mezcla de anhelo y respeto. Comprendí que debía fortalecer mi espíritu, quizás en la fe, o quizá en otras formas de conocimiento que aún ignoro.

Entonces decidí posponer ese viaje y prepararme mejor.

Comenzaría con tiempos y destinos menos comprometidos.

Y cuando mi alma estuviera lista — cuando el llamado fuera claro— emprendería EL VIAJE.

Mientras tanto, había algo que despertaba mi curiosidad: Miguel Ángel. Quería observarlo al pintar la Capilla Sixtina, ver cómo su espíritu dialogaba con lo divino a través del arte. Tal vez, al contemplarlo crear, descubriría señales o respuestas para mi propio camino hacia la Tierra Santa.

Esa misma noche, me encerré en mi habitación, el silencio era absoluto. Cerré los ojos y dejé que la respiración me guiara hacia el centro más hondo de mí misma. Primero escuché el pulso de mi corazón, ese tambor antiguo que marca el ritmo de la existencia. Luego, poco a poco, ese sonido comenzó a disolverse, como una gota que se funde en el mar.

Me concentré en la luz interior, en ese punto que no pertenece al cuerpo ni a la mente. Visualicé un resplandor suave, dorado, en medio del pecho, y lo dejé crecer, expandirse, hasta que cada pensamiento fue una simple vibración.

Las manos se volvieron ligeras, los pies dejaron de pesar. No era sueño ni vigilia, sino una frontera invisible donde el tiempo se detiene. Sentí cómo una corriente sutil recorría mi columna, ascendiendo con calma, abriendo puertas internas que parecían dormir desde hace siglos.

A cada respiración, me alejaba un poco más del cuerpo. Lo veía —sereno, inmóvil— y sin embargo seguía siendo yo.

Una voz suave, la misma que tantas veces me ha guiado, susurró dentro de mi mente: "No temas, atraviesa el velo."

Entonces, un leve estremecimiento recorrió mi conciencia. El aire se volvió sonido, el sonido se volvió luz, y el mundo físico se desvaneció como niebla bajo el sol.

El cuerpo quedó atrás, como una vestidura temporal, mientras mi espíritu flotaba libre, guiado por una claridad que no tenía origen ni destino, pero si voluntad.

Capítulo VI: El escultor del alma

Desperté en un tiempo distinto, envuelta por el aire cálido y perfumado de Florencia. Era una ciudad que parecía brotar de la piedra y la fe, donde cada muro respiraba belleza. Las campanas de Santa María del Fiore repicaban a lo lejos, y los talleres de artistas se abrían al sol como templos de creación.

No supe de inmediato por qué había llegado allí, hasta que lo vi: Miguel Ángel, joven aún, de mirada intensa, manos cubiertas de polvo blanco y una furia tranquila que lo consumía. Sus dedos parecían luchar con el mármol como si dentro de la piedra habitara un espíritu que solo él podía liberar.

Me dispuse a conocer su trabajo, así que hice el viaje a Roma. Aún recuerdo el murmullo de la gente cuando entré en la basílica de San Pedro. El aire olía a incienso y piedra húmeda, y la luz que se filtraba por los vitrales parecía tocar con delicadeza la superficie del mármol. Me abrí paso entre los curiosos hasta verla... y entonces el tiempo se detuvo. Todo lo que había leído o imaginado se desvaneció al verla... ninguna palabra alcanza, ninguna pintura la contiene.

Allí estaba: la Virgen, tan joven, tan serena, sosteniendo en su regazo el cuerpo sin vida de su Hijo. Pero no era mármol lo que veía. Era carne, era silencio, era dolor contenido. Quise parpadear, pero temía que al hacerlo se desvaneciera el milagro.

No presencié el momento en que el escultor dio forma a aquella obra, pero puedo imaginarlo: cada golpe de su cincel debió ser una oración. El joven que la creó se llama Miguel Ángel, apenas un muchacho de Florencia, y sin embargo ha hecho que el mármol respire, que la piedra sienta.

Me quedé mucho rato contemplando el rostro de María. No hay lágrimas en sus ojos, y sin embargo el dolor vibra en cada pliegue de su manto. Es un dolor que no grita, sino que comprende. Sentí que aquella madre sostenía no solo a su hijo muerto, sino a toda la humanidad.

Al salir, el sol me cegó por un instante. Y pensé que quizás, en siglos venideros, nadie recordará nuestras pequeñas vidas, pero esta escultura seguirá aquí, eterna, recordando que incluso el mármol puede tener alma cuando lo toca la mano de un genio.

Me integré en su entorno sin llamar la atención, como si el destino me hubiese tejido en ese tiempo. Me dieron un nombre distinto —Lucía— y nadie sospechó que mi alma provenía de siglos lejanos. Comencé a posar para algunos bocetos menores, retratos de estudio donde el maestro apenas hablaba, concentrado en su batalla con la forma.

Con el paso de los años lo vi transformarse: del joven escultor rebelde al hombre atormentado que hablaba con Dios a través de los pigmentos. Presencié su ira, su duda, su fervor; vi cómo rechazaba los lujos, cómo dormía en el suelo de su taller, cómo discutía con los poderosos, pero jamás con su conciencia.

Cuando recibió el encargo de pintar la bóveda de la Capilla Sixtina, algo en su espíritu cambió. Temía la tarea, la consideraba un castigo más que un honor. "Soy escultor, no pintor", murmuraba entre dientes. Pero cuando comenzó, su entrega fue absoluta. Pasaba los días tendido sobre los andamios, la pintura escurriendo por su rostro, los ojos fijos en el infinito del techo como si buscara en él al mismo Creador.

Yo lo observaba trabajar, día y noche, a veces sosteniendo los frascos de color, a veces simplemente acompañando su silencio. La bóveda tomaba forma ante mis ojos: los profetas, los ignudi, la Creación del Hombre… y comprendí que aquella no era una pintura, sino una plegaria hecha color.

En los momentos de duda, cuando el agotamiento lo hacía caer, solía encerrarse y rezar con una fe que parecía romperlo por dentro. En sus ojos había un dolor antiguo, como si cargara con la culpa de todos los hombres. Y, sin embargo, cada vez que su pincel tocaba el muro, el universo entero parecía contener la respiración.

Viví a su lado años que en mi tiempo fueron apenas instantes. Fui testigo de su genio y de su tormento, de su búsqueda incesante por entender a Dios a través de la forma humana. A veces, mientras dormía en una esquina del taller, sentía que mi espíritu flotaba fuera del cuerpo y lo veía desde otra dimensión: un hombre de carne que intentaba pintar lo que el alma grita.

Cuando por fin terminó la bóveda, el día en que se retiraron los andamios, lloró en silencio. Nadie lo vio —nadie salvo yo—. No lloraba por orgullo, sino por haberse acercado demasiado a la divinidad y, al mismo tiempo, sentirla inalcanzable.

Supe entonces que mi tarea allí había terminado. Él había cumplido su propósito, y yo el mío: comprender el poder del espíritu creador.

Aquella noche, antes de regresar a mi tiempo, caminé sola por las calles de Roma. La luna iluminaba las piedras antiguas y sentí que una parte de mí quedaba allí, entre el mármol, el polvo y los rezos.

Había aprendido que la creación también es una forma de oración.

Después de haber contemplado el genio de Miguel Ángel, comprendí que la creación humana es apenas un reflejo de un misterio mucho mayor. Ver cómo su pincel convertía la piedra y la pintura en oración me enseñó que la belleza es un lenguaje del alma, un puente hacia lo divino.

Y, sin embargo, había algo que él no podía enseñarme: el origen de ese lenguaje, el patrón que guía los astros y las fuerzas que mueven el universo. Esa curiosidad, esa necesidad de tocar lo absoluto, me impulsó a buscar respuestas más allá de mi tiempo y mi mundo.

Inicié entonces el mayor error de mi vida: tomar decisiones a la ligera para viajar y conocer, lanzarme a buscar respuestas sin un mapa, sin una dirección, sin nada que me anclara. Me monté en las olas del tiempo creyendo que podía navegar entre el espacio y el destino a mi antojo, con una arrogancia de viajera invencible e imparable... hasta que aquello que descubrí me arrancó de golpe esa ilusión y me devolvió, brutalmente, a la realidad.

Capítulo VII: Mi alma se fragmenta

Ahora que he aprendido a viajar a voluntad, no todos mis saltos comienzan con un propósito. Algunos simplemente… suceden.

Como si el tiempo me llamara por capricho, o como si mi alma, inquieta, buscara desarmarse a sí misma, creyendo que la aventura escapa de la responsabilidad.

Cierro los ojos. El aire se detiene.

El mundo respira una sola vez y se parte en dos

Esa línea invisible se abre y caigo, despacio al principio, luego en picada, como si el vacío tuviera dientes y me tragara sin remordimiento.

El primer impacto siempre es luz.

Luego viene el cuerpo.

Y después, el dolor.

Despierto en una piel que no es mía.

La arena arde bajo mi espalda, siento en mi mano el peso de la empuñadura de una espada.

Un sol inclemente me muerde los párpados. Intento levantarme, pero las piernas no responden.

El aire quema.

Los labios se agrietan.

El corazón late rápido, desesperado.

El cuerpo que habito se está muriendo.

Siento su sed, su fiebre, su miedo antiguo.

En algún rincón de su mente hay una plegaria que no alcanza a salir. Yo la escucho, y quisiera decirle que ya no está sola… pero no tengo voz.

Las voces a lo lejos parecen gritos de una brutal pelea, se escuchan sollozos y gemidos de dolor, pero nadie acude en mi ayuda.

La respiración se vuelve un hilo, un soplo delgado, y cuando finalmente se corta, siento el peso de su alma salir.

Y con ella, algo mío se quiebra y desprende también.

Una chispa.

Una parte de mi alma.

Una fractura invisible.

No hay transición.

Solo oscuridad, y luego sin control otro salto que no puedo evitar.

Ahora estoy em un cuarto sin iluminación ni ventilación.

El olor de las paredes húmedas se mezcla con el olor agrio de encierro y abandono.

El cuerpo que ocupo ahora es el de una mujer inmóvil. Su cabeza apenas gira, los ojos se abren con esfuerzo, y el silencio de la soledad la asfixia más que la enfermedad.
Sus lágrimas ya secas sobre sus mejillas no llegan a caer.

Grita por dentro y con ella intento gritar también pero el aliento no me alcanza.

Quisiera consolarla, decirle que no está sola, que hay algo más allá... pero no puedo, el alma está en una prisión de carne y la mente hace mucho que no lucha. El cuerpo se rinde, el corazón se apaga, la oscuridad me abraza y otra parte de mí muere con ella.

Después de eso, los saltos se vuelven una tormenta, uno tras otro sin control, sin freno, sin reflexión, sin tiempo para reponerme, mi alma se derrumba. Ya no sé si viajo o me precipito.

Solo siento que el tiempo me empuja, que me arrastra por sus corredores vacíos.

Heridas me desgarran y atraviesan el alma; filosas navajas del destino dejan cicatrices en lo más profundo de mi ser con cada salto en el que he conocido el dolor en toda su extensión. Un instante soy una niña con un bebé en brazos, atrapada entre cuatro paredes que arden. El aire caliente quema al respirarlo, el llanto del bebé se vuelve cada vez más tenue; ya nadie nos escucha. No puedo luchar, no puedo moverme. Siento cómo el fuego consume poco a poco todo alrededor. Abrazo con fuerza al pequeño y cierro los ojos…

Y al siguiente latido soy una madre que muere sola en un parto, sin que nadie la oiga, abandonada en una habitación enorme de mármol negro, de eco frío y vacío. Luego, soy una joven que tiembla y suplica al sentir el filo de una navaja entrar una y otra vez en su abdomen, mientras, sin poder abrir los ojos, siente los golpes que deshacen su aliento.

Un minuto más tarde soy una anciana que mira fijamente el techo blanco de un hospital, incapaz de recordar su nombre ni por qué está ahí. Cada respiración pesa. El sonido intermitente de los aparatos conectados es su única compañía mientras siente cómo el latido de su corazón se hace cada vez más lento, sin una razón para vivir, sin un motivo para respirar, hasta que el cuerpo simplemente olvida seguir.

Y de inmediato vuelvo a ser una niña en un río frío y oscuro, donde la corriente me reclama y no me deja respirar. La profundidad me llama; mi vista se nubla. Alcanzó a ver la sombra de alguien observándome desde un puente, como asegurándose de que no salga. Algo está atado a mis piernas: pesa demasiado, no me deja moverme. Cuando mis pies tocan el fondo, la sombra se retira, perdiéndose en la oscuridad de la noche, mientras el agua me sofoca y mis fuerzas se desvanecen.

Basta por favor, no puedo seguir.

No puedo contarlo todo.

Algunas imágenes solo existen dentro de mí, y tan solo intentar recordarlas me erizan la piel y un frío inexplicable recorre mi espalda, sube por mi cuello hasta mi nuca y desde lo más profundo me congela la voz, y aun cuando intento pronunciarlas, algo se me quiebra en la garganta.

Hay cosas que no se narran… se lloran en silencio y se sepultan en el tiempo.

Cada cuerpo que se apaga me deja un vacío distinto.

Cada mirada final se me clava en el pecho como si me rogara por algo que no puedo dar.

Quise salvarlos.

Dios sabe que lo intenté.

Pero el tiempo no me escucha cuando grito.

En un momento ya no supe quién era.

Mis recuerdos se confundían con los suyos,

sus voces con mis pensamientos,

sus muertes con mis sueños.

Me miraba en el reflejo del agua —cuando había agua— y veía cien rostros distintos superpuestos al mío.

Sentía que me estaba fragmentando, y entonces entendí lo que el templo del jardín de la Luz Fragmentada me mostró cuando lo visité, mi alma fragmentada, era parte de mi aprendizaje, es parte de mí, entender la soledad, entender el silencio y el abandono, entender cada fragmento del alma para conocer toda mi alma.

Hasta que vi como mis pedazos vagaban por siglos y cuerpos que jamás volvería a tocar entonces llegó el silencio.

No un silencio de ausencia, sino de entendimiento.

Ni luz, ni cuerpo, ni tiempo.

Solo yo.

Flotando entre lo que fue y lo que no debía ser.

Ahí comprendí.

No fue una voz ajena la que habló, sino una dentro de mí, una que había callado demasiado tiempo.

Me dijo, con una dulzura que dolía:

"No estás aquí para salvar vidas… estás aquí para salvar almas."

Y la frase me atravesó como una corriente.

Entendí, con un temblor que no era físico, que había confundido propósito con poder.

Creí que podía intervenir, que podía reescribir el destino de los cuerpos.

Pero no era dueña del tiempo.

Solo era su testigo.

Ni el tiempo ni el destino me pertenecen.

Y cada salto sin sentido no era una aventura… era una herida.

He llorado por todos ellos, por cada vida que se extinguió entre mis manos.

A veces, en sueños, aún los siento.

Vienen a mí, no para reprocharme, sino para recordarme que su dolor no fue en vano.

Que mi culpa también puede transformarse en compasión.

Que a veces, acompañar en el último aliento es salvar de otra forma.

Desde entonces, ya no salto sin escuchar primero.

No cierro los ojos por curiosidad, sino por llamado.

Cuando la energía me envuelve, cierro los ojos, respiro profundo y permito que el universo sea quien me guíe.

He aprendido que abrir un portal es como abrir una herida en el alma del tiempo.

Debe hacerse con respeto, con humildad, con propósito.

Porque cada cuerpo que habito deja su eco dentro de mí, y todos me observan cuando vuelvo.

Son parte de mí ahora: los que murieron, los que no pude salvar, los que me enseñaron sin palabras lo que el destino nunca explica.

Yo también me estaba muriendo en cada uno de ellos,

hasta que comprendí que la muerte no era el final, sino el espejo.

Y que mi tarea no era cambiar el reflejo,

sino sostenerlo con amor.

Ahora, cuando salto, no busco corregir nada.

Solo estar.

Solo acompañar.

Solo alumbrar un instante el rincón donde el alma se desprende.

Y cuando regreso, siento sus voces suaves entre las sombras,

agradeciendo sin palabras.

Entonces sé que esta vez no me he fragmentado, que esta vez no he perdido luz,
que por fin aprendí a viajar sin romperme.

Ahora escucho con más cuidado al universo. Distingo, por fin, entre el verdadero llamado de la energía y mis propios impulsos por iniciar un viaje sin propósito. Esta vez lo sé con una certeza que me atraviesa: es el universo quien me convoca. Hay un aprendizaje esperándome, antiguo y paciente.

El universo murmura en mi oído, y yo… yo escucho atentamente.

La Mesopotamia antigua me llamó como un eco lejano. Allí, entre ríos que dieron vida a la primera escritura, a los templos dedicados a dioses que observaban el cielo, se guardaban secretos de los ciclos del sol, de la luna y de las estrellas. Los sabios de aquellas tierras habían medido los cielos, trazado mapas del universo y buscado en la armonía de los planetas la voz de la divinidad.

Mi deseo era aprender de ellos, de sus tablas de arcilla, de los observatorios de zigurats, de la forma en que intentaban comprender lo incomprensible. No era mera curiosidad intelectual: era un impulso de mi alma por tocar lo eterno, de escuchar la música que une lo humano y lo cósmico, de reconocer el patrón invisible que atraviesa todo lo creado, y el universo me estaba invitando.

Quería sumergirme en ese mundo antiguo, sentir bajo mis manos la textura de los secretos que aún hoy guían al hombre, y aprender a leer los signos que los dioses habían dejado en la luz de las estrellas. No buscaba poder ni fama, sino el conocimiento que conecta la mente, el espíritu y el universo, para entender cómo la creación de grandes artistas como Miguel Ángel y la de los cielos no son sino reflejos de la misma divinidad.

Aquella noche el silencio tenía un pulso propio. Lo sentí, como se siente una respiración que no es la tuya, pero te acompaña.

Ya sabía lo que debía hacer. No era un salto al vacío, sino un regreso a un camino que poco a poco había aprendido a reconocer.

Me senté frente a la pequeña lámpara de aceite, la misma que me acompaña desde mi infancia, y observé cómo la llama se doblaba con cada inhalación. No necesitaba más.

Cerré los ojos, dejé que el cuerpo recordara lo que el alma ya sabía: soltar el peso, abrir la mirada interior, dejar que el pensamiento se vuelva espacio.

Esta vez tenía un destino claro. Había estudiado durante años la tierra donde nacieron los primeros sueños humanos, y ahora, por fin, iba a caminarla con mis propios pasos del alma.

No hubo sobresalto. Solo un leve estremecimiento, como cuando el agua empieza a moverse antes de hervir.

El sonido de la noche se fue diluyendo, y en su lugar apareció un rumor lejano: el fluir de dos grandes ríos abrazando una tierra de sol dorado.

Sentí con intensidad indescriptible la llamada.

Secretos antiguos me esperaban.

Cuando abrí los ojos, el aire olía a arcilla y a tiempo antiguo.

Capítulo VIII: Viaje a Mesopotamia

Cuando desperté, el aire olía a tierra caliente y a agua antigua. Frente a mí se extendía una llanura dorada que parecía infinita. A lo lejos, dos ríos brillaban bajo el sol, entrelazándose como venas vivas del mundo.

Sabía que eran el Tigris y el Éufrates. Lo había leído tantas veces en los libros, en historias sobre los primeros días de la humanidad. Pero ahora no eran palabras: eran vida que podía tocar.

Recordaba los nombres: Uruk, Sumer, Akkad. Las tablillas de barro, la escritura cuneiforme, los templos dedicados a dioses que gobernaban el cielo y la tierra. Había estudiado todo eso… y, aun así, el aire me decía que los libros jamás contarían todo.

En esta nueva vida me llamaban Enlila. Nadie lo eligió; simplemente lo supe. Quizá mi alma lo recordó. Me mezclé entre la gente del lugar como una joven curiosa, ávida de aprender cada secreto.

Desde el primer día me fascinó ver a los sabios observar el cielo desde lo alto del zigurat, la torre escalonada que unía la tierra con los dioses. Decían que el cielo era un libro abierto y que las estrellas eran letras que los dioses usaban para hablarnos.

Durante semanas, me preparé para ese momento. Los sabios me enseñaron a guardar silencio interior, a respirar con el ritmo del viento y a mirar sin querer entender. "El cielo no se comprende con la mente —decían—, se siente con el alma".

Cada amanecer subía un poco más los peldaños del zigurat, no con los pies, sino con la conciencia. Aprendí a escuchar el murmullo del río como un consejo, y a reconocer en el vuelo de las aves el pulso de fuerzas invisibles.

Cuando finalmente me permitieron llegar a la cima con ellos, mi corazón ya no temblaba de curiosidad, sino de reverencia. Sabía que allá arriba no miraría estrellas: me reconocería en ellas.

Subí una noche. El aire era tibio y el cielo tan claro que parecía alcanzable. Uno de los sacerdotes me enseñó a seguir el movimiento de Venus, a la que llamaban Dilbat, estrella brillante de la diosa Inanna.

"Mira bien —dijo—. Cuando ella aparece al amanecer, anuncia el renacer del mundo".

En ese instante, sentí que el universo respiraba conmigo.

Me quedé sola, observando la inmensidad. El silencio no era vacío: era presencia. El viento rozó mi rostro como si susurrara mi verdadero nombre.

De pronto, las estrellas comenzaron a moverse lentamente, dibujando figuras vivas. Vi espirales, ondas y caminos luminosos que se entrelazaban, conectando el cielo con la tierra.

Comprendí que todo lo que existe —fuego, agua, pensamiento, amor— es parte de una misma red que se expande sin fin. El universo no estaba afuera: me atravesaba.

Por un instante, desaparecí. Mi cuerpo era luz flotando en medio del todo. No había tiempo, no había distancia. Solo había certeza: soy parte del universo, y el universo es parte de mí.

Cuando abrí los ojos, los sacerdotes cantaban oraciones antiguas y el cielo volvía a la calma. Nada parecía diferente, y, sin embargo, todo había cambiado.

Comprendí algo que nunca aprendí en los libros: no estamos fuera del universo, somos su reflejo. Lo que brilla allá arriba también vive dentro de nosotros.

Con los días, noté cosas que nadie escribía en las tablillas: el lenguaje secreto del viento, cómo el río respondía al respeto, el silencio que habitaba entre las estrellas. Comprendí que hay fuerzas invisibles que nos envuelven siempre, como un hilo que une lo que existe con lo que los ojos no pueden ver.

Una noche, mientras todos dormían, me senté sola frente al río. Vi mi reflejo y supe que no era solo mío: era el reflejo del universo mirándose a sí mismo a través de mí.

Entonces lo entendí: contemplar es participar en el misterio. Mirar el cielo sin prisa, respirar con calma, dejar de buscar respuestas rápidas: así el universo nos reconoce. Quizá eso sea entender el origen: recordar que siempre hemos sido parte del todo, y que el todo también habita dentro de nosotros.

En aquel instante, cuando mi mente apenas rozaba los límites de otros tiempos, sentí una presencia detrás de mí.

No era la primera vez que un alma antigua se acercaba. Con los años, me había vuelto sensible a esas vibraciones que solo los viajeros del tiempo reconocen. Pero esta era diferente. Su energía no pertenecía a un espíritu errante ni a un maestro cualquiera; se sentía pura, libre, era más vieja que el viento mismo. En su respiración se sentía el peso de la tierra, la edad de las montañas, el eco de todas las eras.

Y, sin embargo, había en ella algo familiar. Una calidez que atravesó mi alma. Una brisa leve rozó mi rostro, y escuché una voz clara como el pensamiento:

"Ahora estás lista, Katalona".

Giré con el corazón acelerado.

"¿Babaylan?" —susurré, sorprendida, aunque una alegría profunda me estremecía el pecho.

Los ojos azules que se clavaron en los míos tenían la mirada del infinito. inconfundibles.

"Qué gusto verte —le dije—. Han pasado tantos años..."

Ella sonrió con serenidad.

"Han pasado décadas para ti, y unos cuantos siglos para mí".

"¿Siglos?" —pregunté, asombrada—. "¿Qué edad tienes, Babaylan?"

Su voz sonó dulce y firme, como el murmullo del agua sobre la piedra:

"He recorrido la historia del hombre durante siglos. He visto nacer y caer imperios, he conocido el bien y el mal, he subido montañas y cruzado mares. Ya no cuento los años por décadas ni por siglos, sino por memorias. La Tierra es mi madre, el Universo mi padre. Soy guía y aprendiz, maestra y ayudante. Soy lo que tú me enseñaste a ser".

"¿Yo te enseñé a ti?" —pregunté, incrédula—. "Pero si siempre fuiste mi guía… mi soporte… mi Babaylan".

Ella me miró con ternura infinita.

"Tú sabes quién soy, Katalona. Sabes mi nombre verdadero".

Quise pronunciar su nombre, pero mi voz se desvaneció en el aire. Mi mente no alcanzaba a entender lo que mi alma ya reconocía.

Una llama de certeza ardía en mi pecho, imposible, pero verdadera.

"¿Eres tú… Sara?" —alcancé a murmurar con un hilo de voz.

Ella asintió.

"Sí, mi querida Katalona. Siempre fui yo".

El viento calló. El tiempo se detuvo. Los recuerdos inundaron mi mente. El universo giraba con un ritmo casi mágico.

Y entonces lo comprendí todo. En ese instante supe que la historia que creí haber vivido, que el tiempo y el espacio mismos, eran solo reflejos del mismo espíritu que me había guiado desde el principio: el mío.

Babaylan estaba frente a mí, y el aire mismo parecía contener la respiración. Hojas, susurros y el aroma profundo de flores nocturnas giraban a su alrededor, como si el mundo entero se inclinara ante su presencia. Sonrió, y en ese instante que se sintió infinito, comenzó a desvanecerse. Sus ojos azules se fundieron con el firmamento, y su sonrisa se convirtió en el brillo de las estrellas, mientras un velo de luz suave la envolvía, como un último abrazo que me atravesaba el alma.

El viento que la rodeaba no era brisa, era un suspiro de despedida. Cada ráfaga arrastraba fragmentos de su esencia, llevándose consigo secretos que jamás podría comprender por completo. La noche entera parecía suspenderse en ese instante, y en el eco de la oscuridad, una voz emergió:

—Nos veremos en otro tiempo, Katalona.

La frase flotó entre las sombras, vibrando en mi pecho con un peso antiguo, imposible de ignorar. Todo mi cuerpo se estremeció; era tristeza, era asombro, era el vértigo de comprender que algo inalcanzable acababa de tocar mi vida. El silencio que siguió estaba lleno de memorias no dichas, de promesas que no entendía, y de una ausencia que ya dolía con fuerza.

Y entonces, sin previo aviso, se desvaneció por completo. Solo quedó el susurro del viento, ahora silencioso, y la certeza de que el universo había cambiado, de que yo había sido marcada por algo que iba más allá de cualquier tiempo o explicación.

Cerré los ojos y me dejé llevar por la bruma del Éufrates.

El sonido de sus aguas bajo el cielo estrellado era como un canto antiguo que me despedía. Me preparé para dar, una vez más, el salto. Regresar a casa.

Cuando abrí los ojos, estaba de nuevo en México.

Mi vieja lámpara de aceite seguía encendida, su llama danzaba suavemente y dibujaba sombras abstractas sobre la pared. El murmullo del río se desvanecía poco a poco, confundido con el susurro del viento que entraba por mi ventana.

Volvía con revelaciones imposibles de explicar, con conocimientos que superaban cualquier límite humano. Sentía que el universo me hablaba, no con palabras, sino con la voz de los elementos: la tierra, el fuego, el agua… cada uno con un lenguaje tan antiguo como la vida misma.

Y ahora, todos ellos resonaban dentro de mí, en el centro de mi pecho.

Podía sentir el dolor, la alegría, la tristeza, los pensamientos y emociones de quienes me rodeaban. Aunque no los viera, podía percibirlos, como si el alma me hablara directamente. Aquella claridad era tan sobrecogedora, tan bella, que supe que debía compartirla.

Pero… ¿con quién? —me pregunté—.

Y la respuesta flotó en el aire, tan clara como una voz que siempre estuvo ahí.

Sara.

Desde entonces, ya no pude verla igual.

Era Babaylan, pero en proceso de aprendizaje. Ahora podía ver su Aura, al igual que los sabios que me mostraron el camino; su aura era compleja, de colores dorada y violeta, rodeada de un azul hermoso, pero no tenía las trazas verdes.

Sara siempre había tenido una luz distinta. Aun en su apariencia de niña —rubia, de caireles dorados que caían sobre sus hombros como hilos de sol, con esos ojos azules tan profundos que parecían recordar mundos que yo misma apenas comenzaba a comprender—, había algo en ella que cruzaba el umbral de lo terrenal. Vivía en una casona elegante cerca de mi casa, rodeada de libros, porcelanas y ventanales altos donde entraba la luz como si viniera de otro tiempo.

Nunca escuchó mis historias de viaje de viva voz; las leía. Yo escribía mis travesías en mi diario, convertido casi en un grimorio personal, lleno de dibujos, símbolos y descripciones que jamás hubiera compartido con nadie más. Pero Sara… Sara las devoraba con una seriedad angelical. Sentada con su vestido impecable, las piernas juntas y los zapatitos blancos alineados con precisión, recorría cada página con una concentración casi sagrada. Sus pestañas temblaban al leer, como si reconociera algo que yo no había escrito.

Yo entonces no lo entendía, pero ahora lo sé: absorbía cada palabra porque ya formaban parte de su propia historia. Eran memorias que su alma recordaba antes de tiempo.

Y lo supe sin necesidad de confirmarlo: pronto iniciaría sus propios viajes, como alguna vez los inicié yo.

Cuando el día llega, no estoy ahí para Sara.

Su primer viaje ocurre sin mí, y comete los mismos errores que alguna vez cometí: contarlo a quienes no pueden comprenderlo. La culpa me cala hasta los huesos. Yo debí guiarla, enseñarle a resguardar el secreto, protegerla de las miradas que juzgan lo que no entienden. Pero a ojos de sus padres, soy la responsable de todo; la mujer que llenó la mente de su hija con historias imposibles, hasta borrarle los límites entre fantasía y razón.

Si supieran… si tan solo pudieran ver lo que yo veo. Sara no estaba confundida. Estaba despertando.

Han pasado semanas desde que la internaron en el hospital psiquiátrico. Me prohíben acercarme. Su madre, con voz quebrada, me ha llamado "la culpable"; su padre, rígido y distante, ni siquiera me responde. Pero yo sé que Sara no pertenece a ese lugar de muros grises y ventanas selladas. Su mente, su energía, su alma entera vibraban en otra frecuencia, demasiado alta para ser comprendida.

Y una noche, cuando la busco de nuevo, la noticia me alcanza: Sara ha muerto. O eso dicen.

Dicen que su corazón no resistió los tratamientos, que su cuerpo se apagó entre luces blancas y murmullos de enfermeras. Pero yo sé la verdad: Sara no murió, solo trascendió. Su espíritu cruzó el umbral, y ahora viaja libre, sin cuerpo que la ate ni tiempo que la limite. Ha iniciado su verdadero viaje —uno del que no se regresa porque ya no hay "antes" ni "después", solo existencia pura.

Voy al Panteón Francés al atardecer. El aire tiene un aroma dulce, como a lluvia que se retira. Camino entre los cipreses, y cada paso resuena como si el suelo reconociera mi presencia. Cuando encuentro su tumba, el mundo parece detenerse.

Frente a mí se alza una capilla de mármol blanco, luminosa incluso bajo el cielo nublado.
Un ángel de alas extendidas guarda la entrada, su rostro tallado con tanta serenidad que casi parece respirar.

En una placa, leo las palabras en francés:

"Joyeuse et innocente, repose ma petite Sara".

(Alegre e inocente, descansa mi pequeña Sara.)

Pero no siento tristeza. Cierro los ojos, y el viento se vuelve tibio. En el silencio, algo me toca el alma: una vibración, una presencia. Es ella.

—Sara… —susurro—. Nos veremos en otro tiempo.

Y entonces ocurre.

El aire a mi alrededor se ondula levemente, como si el espacio respirara. Una brisa dorada me acaricia el rostro, y el ángel de mármol parece inclinar apenas la cabeza. Sé que no es mi imaginación. Es la señal.

Sara sigue viajando.

Solo ha ido más lejos de lo que yo aún puedo alcanzar.

Ahora lo entiendo. Sara no es solo el alma que acaba de cruzar el umbral; ha estado conmigo desde siempre, en formas que apenas empiezo a recordar. La vi como Babaylan, danzando entre humo y fuego en la antigua Filipinas, invocando los vientos del espíritu. La reconocí en Egipto, cuando el aire del desierto se abría ante las columnas de piedra y su sombra se confundía con la luz del amanecer. La encontré entre la multitud que me observaba en la hoguera en la Edad Media, y solo yo podía verla, serena, mientras todo ardía. En los templos sagrados, su presencia era la llave que abría mis memorias.

Ahora comprendo: siempre fue ella, caminando entre mundos, recordándome que el tiempo no separa lo que el alma une.

Después de la partida de Sara, algo dentro de mí cambia para siempre. Comprendo que su trascendencia no fue una pérdida, sino una puerta abierta. Desde entonces, empiezo a sentir una vibración distinta en el aire, una frecuencia sutil que me llama a actuar. No puedo seguir viajando sola. He entendido que hay otros —jóvenes, aún sin saberlo—

que llevan en su alma la misma chispa que nos conecta con los caminos del tiempo.

No los busco. Ellos llegan.

Una energía antigua, sin palabras ni señales visibles, los guía hasta mí. A veces cruzan desiertos, otras dejan atrás ciudades enteras.

Un impulso invisible y sin sonido me empujó a caminar hacia las montañas que rodean la Ciudad de México. No buscaba nada; algo me llamaba y su voz era tan antigua que reconocí de inmediato la dirección: subir por senderos que se ocultaban entre la neblina, dejar atrás el ruido de la urbe y seguir una certeza que latía bajo mi piel. Supe, sin saber cómo, que allí me esperaban.

El viento de la montaña volvió a rozar las paredes del exconvento como si comprobara, una vez más, que seguía en pie; como si intentara despertar los ecos antiguos que aún duermen bajo los arcos. Caminé por el pasillo principal con la lámpara en la mano; su resplandor anaranjado dibujaba sombras largas que se deslizaban por la piedra gastada como criaturas silenciosas. No había otro sonido que mi respiración y el crujido suave de la madera que lleva siglos resistiendo sin quejarse.

Cuando llegué por primera vez —hace ya tanto que el tiempo perdió rigor— el lugar parecía rendido al abandono: tejas rotas que dejaban entrar fragmentos de cielo, vegetación reclamando los claustros, la capilla acumulando polvo inmóvil. Aun así, lo supe en cuanto puse el pie en la entrada: este era el sitio. El llamado no me había dado un mapa, pero sí un destino. El Instituto no nació de planos ni decretos; nació de esa certeza profunda que se expande cada día, que respira a través de los muros, se desliza por los corredores y se asienta en las celdas que poco a poco fueron dormitorios. El exconvento revivía, y yo revivía con él.

No hubo ceremonias de iniciación ni pruebas. Su sola presencia bastaba: si el llamado los había traído, era porque ya pertenecían, de algún modo, al círculo. Con el tiempo llegaron otros guías espirituales y, entre manos amigas y voces antiguas, dimos forma a lo que luego nombramos *Instituto Nacional de Metafísica de la Ciudad de México*. Allí los preparo y me preparo; los guío hacia el autoconocimiento: a reconocer la vibración propia del aura, a escuchar los ecos del tiempo dentro del pecho, a dominar el miedo que provoca saberse más allá de una sola vida. Quiero que estén listos cuando llegue el momento, que el asombro no los devore, que el viaje no los rompa.

La tarde cae como un velo de cobre cuando escucho los pasos del primer joven llegar. No necesito asomarme; lo sé siempre. Es una sensación tibia que baja por la nuca, como si un nombre sin pronunciar golpeara mi pecho. Abro la puerta antes de que toque. Frente a mí está Luciano: un muchacho de no más de veinte años, cabello revuelto, mirada inquieta, una energía que chisporrotea a su alrededor sin que él lo note. Viste mezclilla gastada, trae una mochila ligera y un gesto que mezcla miedo, hambre y esperanza.

—¿Aquí… es? —pregunta, casi sin aire.

—Sí —respondo—. Llegaste en el momento exacto.

Nunca les pregunto cómo encontraron el camino; ninguno lo sabe realmente. Todos describen lo mismo: una intuición insistente, un sueño repetido, una voz sin sonido, una sensación de "ve" que no tenía dirección aparente. Luciano entra y mira todo con reverencia. Sus manos tiemblan al sentarse en un banco del claustro. Su don, despierto desde la infancia, lo empujó hasta aquí: ha visto lo que otros no ven, escuchado pensamientos ajenos como murmullos, sentido presencias sin nombre y sin sombra. Nadie supo qué hacer con él. Aquí, por fin, comienza a entenderse.

Dos semanas después llega Mariela: figura delgada, aire de bailarina, cabello negro hasta la cintura; sus sueños premonitorios la persiguen desde niña, fragmentos del futuro suspendidos como cristales temblorosos. Cruzó el umbral llorando, no por miedo, sino por alivio. Daniel aparece con manos fuertes y sonrisa tímida; escucha vibraciones que otros llaman silencio y siente las emociones ajenas como texturas en el aire. Aitana, la más joven, dieciocho años, mueve objetos pequeños cuando la emoción la desborda y cree que es un defecto —pronto descubrirá que no lo es—. La última en llegar aquel primer año es Inés, silenciosa, de mirada profunda: ve pasado y futuro como destellos y tiene un don para la pintura; sus trazos devolverán vida a los frescos agotados del exconvento, colores que parecen latir.

Cada uno llegó justo cuando debía. Cada uno me encontró sin buscarme. Y yo los recibí como si recordara sus rostros de otra vida.

Una madrugada de noviembre, el viento ya no sopla: anuncia. Abro la puerta al mismo tiempo que él posa la mano sobre la madera. Un hombre alto, piel cobriza, trenzas negras y rasgos firmes como roca. Habla un español cargado de montaña. —Soy… Inti —dice. —Lo sé —respondo. Viene del Perú, de una comunidad cuyos ancianos aún cantan a las estrellas y recuerdan símbolos que nadie nombraría a la ligera. Inti es el primer guía: la raíz, el que marca el ritmo. Con el tiempo llegarán otros cinco, pero él inaugura la energía que sostiene al Instituto.

Las clases no comienzan con un horario; comienzan cuando el aire cambia. Nos reunimos en el antiguo refectorio, donde Inés ya empezó a devolver el alma a los frescos. Aprovecho los descansos para hablarles de mis viajes astrales: no los relato como proezas, sino como advertencias. "Todo regalo sin consciencia se vuelve carga. No caminen sin saber qué los mueve." Enciendo un cuenco de resina aromática; el humo asciende como un hilo de plata. —Escuchen —susurro—. No el ruido. No el viento. Escuchen lo que está debajo.

Cierro los ojos y ellos hacen lo mismo. Mariela tiembla; Daniel se aquieta; Luciano siente el zumbido detrás del corazón; Aitana abre los ojos sorprendida ante una luz interna; Inés ve colores que aún no existen. Inti habla del "ritmo del espíritu", metáfora para un estado de calma que no se apaga. Aprenden como quien presencia su propio nacimiento.

En la capilla, bajo la cúpula agrietada, realizamos ceremonias simbólicas: no son técnicas replicables sino escenas poéticas y experiencias internas seguras. Encendemos tres lámparas de aceite —Memoria, Presencia, Camino— y las voces se elevan en un canto simple, profundo. Las paredes responden con un eco suave y, a veces, surgen imágenes internas: sombras que devienen rostros; ríos que se bifurcan; luces giratorias; emociones suspendidas como hilos. La lección es siempre la misma: tu don no te controla. Tú lo escuchas. Y si te habla demasiado fuerte, tú lo calmas.

La convivencia fue transformándose en una familia que no se parece a ninguna otra. En las tardes se sientan en el jardín interior: ríen, comparten historias, pintan, meditan o simplemente observan el cielo. Daniel cocina; Mariela toca una flauta como coro celestial; Aitana inventa símbolos por juego; Luciano escribe para no olvidar; Inés pinta murales que parecen latir. Yo los miro con un cariño antiguo, con la sensación de que los esperé toda una vida. O quizá varias.

El crecimiento del Instituto fue lento y paciente. Llegaron más guías, más aprendices. Las celdas se volvieron habitaciones, los murales renacieron, la biblioteca creció, el huerto floreció; los muros volvieron a cantar. Aquí aprende quien está listo y guía quien ha entendido. Nada se impone; todo fluye como un río silencioso hecho de almas antiguas. Cada noche, al caminar por el pasillo central, siento lo mismo que al llegar: el Instituto no lo construí yo; el Instituto me estaba esperando.

Entre todos hubo uno que desentonó desde el primer cruce de los portones: Otto. Desde que entró, su energía me inquietó: un resplandor verde intenso con matices dorados, una mezcla de sabiduría y deseo que ardía demasiado. Su don era el viaje en el tiempo de forma astral. Aun no lo controlaba, pero era brillante, curioso e impulsivo… absorbía cada enseñanza como si temiera que se le escapara, pero siempre preguntando por lo prohibido: el principio, el origen, lo que existía antes del tiempo. Detrás de su sonrisa ardía una ambición que no lograba apaciguar. Lo observé desde lejos al principio; luego lo tomé como a un alumno más, con límites claros. Se entrenaba, practicaba la contemplación, aprendía a reconocer patrones en sus propias sombras, pero en ocasiones husmeaba en libros sellados o interrogaba a los guías con una insistencia fría. No era malicia abierta; era curiosidad que mordía los bordes del peligro. En el convento aprendimos a contenerla con diálogo, paciencia y la honestidad de decir: "hay puertas que no se abren todavía".

Esto es apenas el principio. Lo que vino después —las preguntas que no debían hacerse, las pruebas a las que sin saber nos sometimos, y la elección que cada uno tendría que tomar— quedó escrito en los muros y en la memoria de quienes cruzaron aquel umbral. Si la montaña nos llamó una vez, la neblina guardó también advertencias; y cada rostro que llegó cargaba, además de un don, la posibilidad de salvarnos o de abrir aquello que debe seguir sellado.

Yo guardo mis secretos en una caja de hierro envejecido, cerrada con una llave de plata. Dentro, las hojas sueltas de mi diario: fragmentos de siglos, rutas perdidas, nombres de lugares donde el tiempo se curva sobre sí mismo. Nunca lo abro frente a ellos. Pero Otto observa, espera, y un día, sin que lo note, descubre en donde guardo mi diario…

La noche de su fuga el viento sopla distinto.

Las velas se apagan solas.

Siento una corriente fría recorrer el claustro, y algo dentro de mí sabe que él ya ha cruzado la línea. Corro hasta la sala principal, y la encuentro vacía. La caja abierta, las hojas esparcidas por el suelo como si el tiempo mismo hubiera estallado. Una ventana abierta y el aire colándose precisamente por donde Otto salió.

—¡Otto! —grito—. ¡No lo hagas, no sabes lo que hay allí!

Pero ya es tarde.

Sé con certeza que intentará lo imposible: viajar al inicio de la Creación.

A ese instante en que la luz y la oscuridad aún no se habían separado. Un lugar donde no existe el tiempo… y, por lo tanto, nadie puede regresar.

Años después escucho su nombre de nuevo. Fallece Otto W., después de estar en coma durante diecisiete años dicen los periódicos, su cuerpo no aguantó más. Víctima de un accidente inexplicablemente quedó en ese estado, pero yo sé la verdad. No hubo accidente. Solo un intento fallido de regresar de donde el tiempo no corre.

Para él, quizá han pasado apenas unos minutos.

Para nosotros… una eternidad.

A veces, cuando la noche está en silencio, cierro los ojos y siento su presencia, suspendida entre mundos, flotando en la quietud absoluta del origen. Y pienso que quizá no está perdido del todo, que aún puede escucharme. Porque allá, donde la creación respira en su primer aliento, el tiempo no tiene nombre... y nada muere jamás.

Y es entonces, en ese susurro entre lo que fue y lo que podría haber sido, cuando vuelvo al recuerdo del templo de aprendizaje que levanté. No es un refugio elegido por mí... eran ellos quienes llegaban, guiados por un llamado que nadie pronunciaba, como quien sigue una luz tenue cuando está perdido en la oscuridad.
Y entre todos ellos, había uno cuya historia aún pesa sobre mi alma: Otto.

No fue su poder lo que lo destruyó, sino la soledad de no saber cómo sostenerlo. Y aunque intento perdonarme, todavía siento que una parte de su caída también fue mía. Le mostré demasiado, demasiado pronto. No vi el abismo que crecía detrás de su brillo. No entendí —no a tiempo— que incluso la luz puede deslumbrar hasta dejar ciego a quien no está listo para verla.

Desde entonces camino con más cautela.

Cuando otro joven llega al Instituto, con ese don palpitando más fuerte que su propia edad, lo acompaño despacio, sin abrir puertas que aún no puede atravesar. No porque dude de ellos… sino porque conozco el peso del poder cuando cae sobre un corazón que no ha aprendido a sostenerse a sí mismo.

Mi corazón no soportaría perder a otro Otto.

Por eso enseño distinto: menos deslumbramiento, más raíz; menos impulso, más escucha. Los observo, los guío, los cuido… pero esta vez sin empujarlos hacia un destino que todavía no comprenden.

Aprendí —con dolor y con amor— que no todos los dones están listos para ser revelados.

Y que mi verdadera tarea nunca fue mostrarles el camino… sino protegerlos mientras aprenden a verlo por sí mismos.

Si he de dejarles algo, que sea esto: el poder sin alma se vuelve sombra... y el alma sin guía se pierde en su propia luz.

Lo demás, algún día lo entenderán mientras recorren el camino.

Capítulo IX: La última milla

He respirado más de quinientas primaveras, mis pies han recorrido tantos mundos que ya no sé cuál me pertenece. He caminado sobre arenas que ardían como brasas antiguas, y he cruzado cielos donde los astros me llamaban por mi verdadero nombre. He guiado a muchos, y en cada mirada joven he visto el reflejo de quien alguna vez fui: impaciente, curiosa, valiente hasta la imprudencia. Ahora los observo con ternura, pero también con un temblor en el alma. No quiero que se pierdan. No quiero que el poder los consuma, como lo hizo con tantos antes de mí.

He llorado por mis maestros, por mis hijos, por los amores que el tiempo disolvió en polvo estelar. He llorado tanto, que a veces temo que mi alma se haya quebrado en mil pedazos y vaciado de lágrimas. Y, sin embargo, aún queda en mí una ternura profunda, una fe serena como flama que no se apaga.

Mi cuerpo, este templo que alguna vez fue vigor y fuego, ahora me reclama descanso. Está cansado, frágil, enfermo. En el alma sigo viajando, aunque sé que mi carne nunca cruza los portales. Ella permanece aquí, quieta, esperando apenas unos minutos mientras mi espíritu recorre caminos que, para mí, pueden sentirse como años, décadas o incluso siglos. Y, aun así, al regresar, el cuerpo recibe de golpe el cansancio de ese viaje invisible. Es una cadena dulce y cruel, que me mantiene anclada a este tiempo y a este lugar.

A veces pienso que la verdadera maestría no consiste en abrir puertas, sino en aprender a cerrarlas con sabiduría. En enseñar a los que vienen detrás a no confundir el don con la ambición, ni la luz con la vanidad. Yo ya no busco respuestas, solo paz. Que cada uno encuentre su camino, pero que lo haga desde el amor, no desde el deseo.

Porque al final, después de tantas vidas, he comprendido que nada vale más que la paz del alma… y el silencio que queda cuando por fin dejas de luchar contra el destino.

Esta noche el silencio tiene un peso distinto.

El viento apenas roza las cortinas, temeroso de quebrar la quietud que me envuelve. La luna, blanca y maternal, se asoma por la ventana como si quisiera acompañarme en este último tránsito. Sé que ha llegado mi hora. No hay temor en mí, solo una calma antigua, una paz que he buscado durante siglos.

Mi respiración es lenta, cada vez más leve, y mi cuerpo —mi fiel y cansado templo— comienza a rendirse. En la mesita, la vieja lámpara de aceite arde con una llama pequeña, dorada, casi transparente. Siempre ha estado encendida, guardiana de mis noches y de mis rezos, testigo de mis lágrimas y mis visiones. Esta noche, su luz titila al ritmo de mi aliento, como si nuestros destinos estuvieran unidos.

He vivido tantas vidas que ya no sé dónde comienza una y termina otra. He amado, he enseñado, he llorado más de lo que un alma puede resistir. Cada discípulo perdido, cada amor que el tiempo me arrebató, fue una herida que me hizo más humana y más sabia. Ahora mi cuerpo solo desea descansar.

Siento la luz dentro de mí, suave, expandiéndose. No viene del cielo; brota de mi pecho, tibia y pura, como si el alma por fin recordara el camino de regreso. El mundo se disuelve en un murmullo. Las sombras ya no son sombras: son puertas. Y tras ellas me esperan lugares que conozco sin haberlos pisado.

A veces siento —con la certeza que nace más del alma que de la razón— que mi nombre quedó escrito en los márgenes de antiguos relatos bíblicos. Una visión me sorprende con la nitidez de un recuerdo que no debería existir: veo una figura que se alza en un paisaje que conozco sin haber pisado jamás. Y entonces, sin que yo lo decida, la memoria abre una puerta que creía sellada…

Lo veo con una claridad que desarma, como si recordara algo ocurrido apenas ayer. La escena se despliega ante mí con la naturalidad de una memoria propia, y ahí está Él, frente a mí, como si siempre hubiese sabido que regresaría a este instante perdido en el tiempo.

Es un hombre de presencia serena, cuya apariencia no impone por fuerza sino por una calma que parece provenir de un lugar anterior al tiempo. Su piel, tostada por el sol de una tierra árida, guarda el color y la textura de quienes conocen el trabajo con las manos y el camino polvoriento. Sus cabellos caen hasta los hombros, ondulados, oscuros como madera húmeda, con algunos reflejos encendidos por el sol. La mirada… esa es otra historia: ojos de un tono indefinible entre miel y bronce, capaces de ver más allá de lo que cada persona muestra en la superficie, como si dentro de ellos se abriera un espejo donde uno se descubre con una claridad incómoda y a la vez liberadora.

No camina: parece desplazarse con la ligereza de quien sabe exactamente hacia dónde va, incluso cuando el mundo alrededor está en caos. Su voz es suave pero firme, y cuando habla no busca impresionar sino revelar, como si cada palabra fuera un eco de algo más grande que solo invita a recordar quién eres. Habla siempre de paz, de amor entre las personas, de la posibilidad de reconciliar incluso aquello que parece perdido, como si su sola presencia sembrara calma en cualquier corazón dispuesto a escuchar. Sus manos —grandes, fuertes, llenas de cicatrices pequeñas— no llevan joyas ni símbolos de poder. Aun así, cuando las extiende, pareciera que la gravedad misma se detiene un instante para escucharlo. No se adorna, no presume, pero hay en él un magnetismo antiguo: una combinación de compasión profunda y una fuerza silenciosa imposible de ignorar.

A simple vista, puede confundirse con cualquiera de los hombres de su tiempo: túnica sencilla, sandalias gastadas, polvo acumulado en los pliegues de la ropa. Pero si te acercas, notarás algo que no se puede describir del todo: un aire de certeza absoluta... y de infinita misericordia. Un aura que brilla, ilumina, inspira...

Un calor que no quema, pero transforma.

Y cuando sonríe —porque lo hace, aunque poco— esa sonrisa tiene el extraño efecto de hacerte sentir visto, comprendido y acompañado, como si por un instante el peso del mundo se volviera ligero... o al menos, compartido. En su tiempo lo llaman Rey de reyes: no por dominio, sino por la nobleza que elevaba todo a su alrededor. Comprendí por qué es nombrado Príncipe de Paz, pues bastaba estar cerca para que cualquier tormenta interior se aquietara. Y entendí, sin que él lo explicara, por qué muchos lo reconocen como el Camino, la Verdad y la Vida: su sola presencia parecía marcar una dirección, iluminar un sentido y recordar que existir es más profundo que respirar.

Estoy segura de que fui testigo de la historia más grande jamás contada, de que junto a él toqué una forma de vida más intensa que todas las vidas que he vivido.

¿Y si mi vida, desde algún lugar que aun no comprendo, ha caminado —o quizá sigue caminando— junto a Jesús de Nazareth?

¿Estuve realmente allí? ¿Fui parte de aquel instante que cambió el mundo? No lo sé... mi memoria se queda corta, como si un velo antiguo la protegiera de sí misma. Pero en algún lugar más hondo que el pensamiento, mi alma recuerda. Y ese recuerdo —incompleto, imposible, luminoso y sereno— es el que ahora me llama. El viaje que emprenderé esta noche será el último, y precisamente será hacia ese tiempo, hacia esa verdad que siempre he sentido latiendo dentro de mí.

Siento como mi cuerpo se enfría, pero no me duele.

Todo en mí se aquieta, como un lago sin viento.

La llama de mi vieja lámpara de aceite parpadea una y otra vez, cada vez más débil, cada vez más lento, por fin rendida al tiempo, como si estuviera lista para acompañarme en mi trascender.

En ese mismo instante, el ritmo de mi corazón también marcha lentamente hacia el silencio.

No hay miedo, solo una ternura inmensa. ¿A quién dejo atrás?

A ti… mi querido aprendiz.

Y por eso, antes de que mi voz se apague, te ruego: busca siempre la luz, pero hazlo desde la compasión, no desde la prisa ni el orgullo. No te dejes seducir por los espejos del poder, porque en ellos uno termina perdiendo el rostro… y el alma.

Recuerda esto, incluso cuando ya no puedas recordar mi nombre: el amor, solo el amor, es la única puerta que conduce a la verdad.

Si alguna vez dudas del camino, cierra los ojos. Allí seguiré, en el latido más silencioso de tu pecho, acompañándote… aunque tú ya no puedas verme.

Y ahora… este es mi último susurro.

La vieja lámpara de aceite, fiel guardiana de tantas noches, por fin se rinde.

La llama titubea… respira por última vez… y se apaga.

El cuarto queda en penumbra, envuelto en un silencio tan profundo que parece contener todos los secretos que jamás me atreví a decir.

Pero incluso en esta oscuridad que me abraza por completo, sé que la luz no se ha ido.
No puede irse, solo ha cambiado de lugar. Ahora vive en mí.

Arde silenciosa, intacta, como una verdad que por fin recuerda su nombre.

Y con ella —con esa pequeña eternidad encendida en mi pecho— parto.

No hacia un final… sino hacia casa.

Si alguna vez sientes que el aire se estremece a tu alrededor, o que una ternura antigua te observa desde la nada, no temas.

Seré yo, cruzando los velos, buscándote entre los mundos, recordándote que nada muere… solo vuelve.

Y cuando cierres este libro, hazlo despacio, como si cerraras los ojos de alguien que está por descansar.

Porque, si tu alma está lista, quizá escuches algo.

Un murmullo.

Un roce leve que te acaricia por dentro.

Una despedida que no duele… pero que deja un vacío luminoso.

O tal vez escuches mi voz por última vez, suave como un último aliento, invitándote a continuar el viaje más maravilloso de todos: el que ahora te pertenece por completo.

Tu vida.

Epílogo

El camino de regreso nunca es igual al de ida.

Uno vuelve distinto, aunque el mundo permanezca idéntico. Y eso lo entendí gracias a Ana María Cristina.

Han pasado años desde la última vez que escuché su voz frente a mí, pero aún hoy puedo sentir su presencia como si siguiera sentada al otro lado de la mesa, observándome con esa mezcla de serenidad, compasión y certeza absoluta que solo ella tenía.

Dos años compartió conmigo sus memorias, sus silencios y sus misterios. No fue una maestra en el sentido tradicional; fue un faro. Un alma antigua con un don verdadero, uno que no se pregonaba, sino que se manifestaba. Y con ese don guió a jóvenes perdidos… como lo era yo en aquel entonces.

Nada de lo que viví con ella puede explicarse por completo, ni falta que hace. Ella misma decía que hay verdades que no se enseñan: se recuerdan. Y que cada quien despierta cuando su alma lo decide, no cuando el calendario lo marca.

Escribo estas líneas con la certeza de que este libro no cierra nuestra historia. Solo la registra. Ana María Cristina sigue viva en cada memoria que compartió, en cada instante que se quedó grabado en mí y que hoy intento honrar con palabras.

Ella sabía que, algún día, yo entendería el propósito de haberla encontrado. Y ahora lo sé: su misión no era mostrarme un camino, sino recordarme que lo tenía.

Este epílogo no es un final. Es un agradecimiento.

Es un reconocimiento a la mujer que, con paciencia y claridad, puso una luz en un tiempo donde yo solo veía sombras.

Es una huella de lo que permanece cuando el cuerpo se va, pero la verdad continúa.

Porque Ana María Cristina no desapareció.

Solo cruzó al silencio profundo donde mora lo eterno.

Y desde ahí, sigue haciendo lo que siempre hizo:

Acompañar.

Made in the USA
Coppell, TX
12 January 2026

68908803R00090